Ralf Kramp

Tödlich währt am längsten

Ralf Kramp, geb. 1963 in Euskirchen, lebt in einem alten Bauernhaus in der Eifel. Für sein Debüt *Tief unterm Laub* erhielt er 1996 den Förderpreis des Eifel-Literatur-Festivals. Seither erschienen zahlreiche Kriminalromane und Kurzgeschichten. In Hillesheim in der Eifel unterhält er zusammen mit seiner Frau Monika das »Kriminalhaus« mit dem »Deutschen Krimi-Archiv« (30.000 Bände), dem »Café Sherlock«, einem Krimi-Antiquariat und der »Buchhandlung Lesezeichen«. Im Jahr 2023 wurde er mit dem *Ehren-Glauser* für »herausragendes Engagement für die deutschsprachige Krimiszene« ausgezeichnet.
www.ralfkramp.de · www.kriminalhaus.de

Ralf Kramp

Tödlich währt am längsten

Neue bitterböse Geschichten

KBV

1. Auflage 2023
2. Auflage 2025
3. Auflage 2026

Am Markt 7 · DE-54576 Hillesheim · Tel. +49 65 93 - 998 96-0
info@kbv-verlag.de · www.kbv-verlag.de

Bei Fragen zur Produktsicherheit wenden Sie sich bitte an unsere Herstellung: info@kbv-verlag.de · Tel. 0 65 93 / 998 960

Umschlaggestaltung: Ralf Kramp unter Verwendung von
© adragan und © Qwenergy - stock.adobe.com
Druck: Druckhaus Nord GmbH, Bremen
Printed in Germany
ISBN 978-3-95441-667-7 (Taschenbuch)
ISBN 978-3-95441-675-2 (eBook)

Für Herbert, Rita, Carolin, Uli, Tom und den Hasen.
Es ist immer so schön mit Euch!

Inhalt

Die Therapie 9

Casanova und die Damen im Bade 11

April, April 29

Herr Müller kommt nach Lüdenscheid 37

Ein telefonischer Auftrag 55

Geliefert 63

Willkommen auf dem Platz 77

Schwarz wie Kohle 83

Nerven blank 101

Silke, Brigitte und Melanie 111

Die Nachtwanderung 127

Herr Hopf macht Ferien 133

Die Qualle 159

Erdbeeren 169

Jösefje 185

Das Geständnis 189

Ich war das nicht 199

Besuch von Bobo 205

24 225

Zur Krippe her kommet 235

Die Therapie

Seit Langem neig ich zur Gewalt,
Ich bin der Jähzorn in Gestalt.
Mein Psychologe hatte Rat
Und eine Therapie parat.

Um meine chronisch kranke Wut
Endlich zu heilen, wäre gut,
Ein Blatt mit Namen anzulegen,
Die reichen, um mich aufzuregen.

Er riet mir, Briefe zu verfassen,
Von Hand die Wut herauszulassen,
Mit ihrem Namen zu benennen,
Und sie dann alle zu verbrennen.

Ich hab's getan und nicht bereut.
Jetzt fühl ich mich vom Hass befreit.
Und trotzdem frage ich mich nun:
Was soll ich mit den Briefen tun?

Casanova und die Damen im Bade

Morgen Belinda, Morgen Roselie, Morgen Fritzi, Morgen Franzi, Morgen Casanova!« Kurt Brömmel begrüßte seine Hühner jeden Tag mit Namen. Ihr vielstimmiges Gackern, Gurren und Glucksen wertete er als freundliche Entgegnung. »Morgen Kurt«, schienen sie ihm alle zu sagen, wenn sie morgens aus dem Hühnerstall kamen, er ihnen Körner hinstreute, frisches Wasser in die Trinkstellen füllte oder in den Nistkästen nach Eiern sah.

Das ein oder andere Huhn ließ sich streicheln, was Casanova – ein stolzer Rheinländer Hahn mit leuchtend buntem Gefieder – stets skeptisch beobachtete.

»Du hast vier Frauen und ich keine«, sagte Kurt. »Also stell dich nicht so an.«

Die Hühner waren Kurts Ein und Alles. Sie machten ihm Arbeit und Freude gleichermaßen. Sie schenkten ihm schmackhafte Eier, und vor allen Dingen konnte er stundenlang auf dem alten Holzschemel an der Bretterwand sitzen und ihnen dabei zusehen, wie sie zwischen den Grasbüscheln und Steinen herumpickten, wie sie mit den Flügeln schlugen, sich sonnten und badeten.

Letzteres taten sie in den Beeten, zwischen den Stauden und Sträuchern seines Gartens, dort, wo sie die Erde von jeglichem Grün freigescharrt hatten. An diesen Stellen hatten sie im Laufe der Zeit große Kuhlen in die Erde gewühlt, in denen sie sich im Sonnenschein genüsslich wälzten. Mitunter passten zwei oder drei von ihnen gleichzeitig in solche Badeanstalten. Mit Flügelschlagen und scharrenden Beinbewegungen wanden sie sich im trockenen Staub und schüttelten sich ihn hinterher geräuschvoll aus dem Gefieder, sodass er sich in großen Wolken in die Luft erhob und dort verflüchtigte.

Kurt wollte heute nach der elektrischen Klappe sehen. Dies war eine der ersten Neuerungen gewesen, die er an dem alten Stall, in dem schon seine Eltern Hühner gehalten hatten, vorgenommen hatte. Der Gedanke daran, dass er durch irgendeinen dummen Zufall einmal abends zu spät dazu kommen könnte, die Hühner für die Nacht sicher einzusperren, hatte ihm lange Zeit große Sorgen bereitet.

Seine Eltern hatten früher darauf nicht viel gegeben. Bei ihnen waren mehr als einmal Marder und Fuchs plündernd und mordend eingefallen. Das sollte ihm nicht passieren. Und so hatte er eine teure Apparatur mit einem Dämmerungsschalter besorgt, in der sich bei schwindendem Tageslicht ein Mechanismus in Gang setzte, der eine metallene Falltür nach unten vor das Einstiegsloch gleiten ließ und mögliche Räuber aussperrte. Irgendwas hatte sich jetzt dort anscheinend verhakt, wie Kurt am Vorabend mitbekommen hatte. Die Klappe hatte sich heftig ruckelnd nach unten bewegt. Das hieß es zu beheben, bevor sich am Ende noch alles verkeilte. Kaum auszudenken, wenn so etwas passierte, wenn er einmal nicht zu Hause wäre.

Er wollte gerne einmal in Urlaub fahren. Eine Reise nach Rom machen oder nach Athen, zu den historischen Stätten, aber seine Hühner konnte er unmöglich alleinlassen.

Kurt holte Schraubenzieher und Öl und begann, an der Klappe herumzuwerkeln. Dabei stellte er fest, dass die beiden senkrechten Führungsschienen ganz leicht verzogen waren. Während er schraubte und klopfte, sahen ihm die Hühner zu. Das taten sie immer, wenn er im Garten arbeitete. Wenn er grub, scharrten sie in der frisch aufgeworfenen Erde nach Würmern, wenn er Laub harkte, durchforsteten sie die welken Blätter nach Käfern.

Kurt Brömmel liebte seinen Garten sehr. Er hegte und pflegte ihn, ohne jedoch einen Park daraus machen zu wollen. Das hätten ja auch die Hühner gar nicht erlaubt. Es gab wilde Ecken und schattige Plätze, eine kleine Wiese und ein Goldfischbecken mit türkisblau gemusterten Mosaiksteinchen. Fische hatte Kurt keine mehr. Dafür waren die Nachbarskatzen verantwortlich. Deren Besuch duldete er, da man sowieso nichts dagegen machen konnte.

Ansonsten war alles, was aus der Nachbarschaft kam, eher ein Übel. Die alte Reihenhaussiedlung aus den Fünfzigern bestand aus jeweils sechs baugleichen Gebäuden rechts und links der Straße. Kurt Brömmel wunderte sich immer wieder, wie unterschiedlich doch diese Häuser bewohnt und die Gärten bewirtschaftet wurden. Links von ihm lebte die alte Frau Gramstettner mit ihrem scheußlichen Hund, der oft stundenlang kläffte und den ganzen Zaun des Grundstücks hinauf- und hinunterrannte, wenn Kurt Brömmel im Garten war. Und bellte, klar. Warum er dabei nicht endlich mal einen Herzinfarkt kriegte, war Kurt nicht klar. Im Laufe der Jahre waren die Sträucher und Büsche größer und üppiger geworden, sodass man den Hund nicht mehr so gut sah. Aber hören konnte man ihn immer noch sehr gut. Frau Gramstettner war eine alte Gewitterziege, die keine Gelegenheit ausließ, einen Nachbarschaftsstreit vom Zaun zu brechen. Früher hatte Kurt versucht, sie ab und zu mit ein paar köstlichen Hühnereiern milde zu stimmen. Als das aber auch nichts nützte, hatte er es aufgegeben. Das war aber noch nichts gegen das Ungemach, das von der anderen Seite des Gartens drohte.

Zur Rechten lebte die Familie Waserke, das heißt, jetzt war es nur noch Marco Waserke, der dort wohnte, denn seine Frau war mit den vier Kindern vor anderthalb Jahren ausgezogen. Seitdem hatte wenigstens das Gebrüll und Gekeife der streitenden Eltern aufgehört. Die Kinder hatten Kurt immer leidgetan.

Marco Waserke wurde von allen nur Macke genannt. Kurt Brömmel glaubte, dass das nicht nur vom Vornamen kam.

Macke legte oft seine tätowierten Oberarme auf den oberen Rand des Zauns, sodass der Maschendraht sich nach unten bog. Meistens war eine Dose Bier im Spiel. Dann beobachtete er Kurt beim Gärtnern und feixte rum. Dass jemand freiwillig Gartenarbeit verrichtete, wollte ihm offenbar nicht in den kantigen Schädel. »Mach mal locker, Brömmel«, blaffte er manchmal. »Chill mal'n bissken. Bierchen?«

Kurt Brömmel lehnte diese Einladungen stets ab. Waserke hatte ihn auch schon mal zu einem seiner Grillabende rüberrufen wollen. Die machte er jetzt öfter, seit seine Familie weg war. »Kannste ja'n Huhn mitbringen. Kommt dann fix auf'n Rost.«

Kurt hatte gar nicht geantwortet. Sowieso wäre er da niemals hingegangen. Da hingen Typen rum, bei denen es Kurt mit der Angst zu tun bekam. Ein paarmal war auch die Polizei gekommen – was ja bei Macke sowieso keine Seltenheit war. Irgendjemand aus der Nachbarschaft hatte sie wohl gerufen, weil es ihm zu laut geworden war. Auch wenn das nicht Kurt gewesen war, schien Macke ihn doch in Verdacht zu haben. Er war seitdem jedenfalls immer unverschämter geworden.

Heute hatte Kurt den Hühnerstall gereinigt, das alte Streu ausgetauscht und die Nistkästen gesäubert. Roselie, das New Hampshire Huhn, hatte es kaum abwarten können, weil sie endlich ein Ei ablegen wollte. Sie sprang gleich in den mittleren Kasten. Die anderen scharrten und badeten draußen in ihren Erdkuhlen.

Kurt schrubbte noch rasch den elektronischen Wasserspender sauber. Den hatte er irgendwann im Hühnerstall eingebaut, als er an einem heißen Sommertag einmal später als geplant nach Hause gekommen war. Die Hühner hatten um den ausgetrockneten Wassernapf gestanden, richtig gehechelt und ihn dabei vorwurfsvoll angeguckt. Sie beherrschten die Kunst, ihm ein schlechtes Gewissen einzureden, hervorragend.

Kurt träumte auch davon, einen Futterautomaten zu kaufen. So einer würde ihm vielleicht einmal einen kleinen Wochenendausflug erlauben. Keine große Reise, nur zwei, drei Tage mal woanders sein. Aber diese elektronischen Geräte waren nicht ganz billig, und von dem bisschen Rente, das Kurt kriegte, konnte er sowieso keine großen Sprünge machen.

Kurt erhob sich ächzend. Sein Rücken schmerzte. Franzi, die etwas hellere von den Barnevelder Zwillingshennen, kam in den Stall und machte sich über das frische Wasser her.

»Die Bar ist eröffnet«, sagte Kurt lächelnd und ging hinaus. Da vernahm er von rechts das wohlvertraute Zischen einer Bierdose.

»Hömma Brömmel, hasse ma'n paar Eier?« Macke lehnte am Zaun und kratzte sich am stoppeligen Kinn. »Morgen hab ich'n Date mit 'ner Ische.«

»Wollen Sie ein Omelett machen?«, fragte Brömmel unschuldig.

»Nee, ich brauch Eiweiß, verstehste? Gibt Tinte auf'n Füller!« Macke Waserke lachte sein dreckigstes Lachen. »Bierchen?«

»Nein, danke.« Kurt Brömmel drehte sich um und widmete sich wieder der Reinigung des Hühnerstalls. Mit dem Handfeger staubte er die Tür ab.

Irgendwann zog Macke ab. Dann drehte er irgendwann laute Rockmusik auf und verbrannte wieder irgendwas in seinem Grill, das eigentlich in die Mülltonne gehörte, die aber mal wieder, wie immer, randvoll war.

Als der Hühnerstall schließlich schön sauber war, inspizierten auch Casanova und die restlichen Damen ihr frisch herausgeputztes Heim, wie um kritisch zu prüfen, ob Kurt auch alles ordentlich gemacht hatte. Der Hahn stakste durch die frischen Hobelspäne, legte den Kopf schief und ließ ihn ruckartig hin und her gehen, bevor er ein lautes Krähen ausstieß.

»Gefällt es euch?«, fragte Kurt Brömmel. Er fand, dass sie zufrieden aussahen. Dann war er es auch.

Er betrachtete nachdenklich die kleine, runde Kamera, die er erst kürzlich hübsch versteckt unter dem Dachüberstand des Hühnerstalls montiert hatte. In der Nachbarschaft hatte jemand am späten Abend einen Marder durch die Gärten streifen sehen. Brömmel hatte auch schon eine Stelle am Zaun gefunden, an der die Drahtmaschen etwas auseinandergezerrt worden waren. Das konnte natürlich in seiner Wut auch Frau Gramstettners Kläffer gewesen sein, aber Kurt wollte auf Nummer sicher gehen. Nacht für Nacht zeichnete die Kamera jetzt das Geschehen um den Hühnerstall auf. Sie schaltete sich nur ein, wenn sich irgendetwas bewegte. Morgens beim Frühstück sah sich Kurt dann immer die Aufnahmen der zurückliegenden Nacht auf dem Computer an. Er sah Igel, Katzen und Mäuse, aber einen Marder hatte die Kamera bislang noch nicht eingefangen. Ein Marder im Hühnerstall! Das wäre eine Katastrophe.

Roselie gackerte in diesem Moment aufgeregt und schrill. Ihr Ei war da!

Kurt Brömmel beschloss, den Abend mit einem gepflegten Gläschen Moselwein zu beenden.

Am übernächsten Morgen geschah etwas ganz und gar Unvorhersehbares. Kurt frühstückte und studierte dabei die Zeitung. Unfälle, politisches Gezänk, Banküberfall … die Welt um Kurt Brömmels Heim war kein freundlicher Ort. Im Hintergrund liefen auf dem Computerbildschirm die Ereignisse der vergangenen Nacht ab. Der Igel war wieder da gewesen. Den hatte Kurt ausgesprochen gerne zu Gast, denn der vertilgte mit Vorliebe die Nacktschnecken. Als Kurt bei seinem Fünf-Minuten-Ei angekommen war, hielt er mit dem Frühstücken inne. Was war das denn? Das war weder ein Igel noch ein Marder. Das war ein menschliches Wesen! In seinem

Garten! Der Gestalt nach ein Mann, der zielstrebig auf das Hühnerhaus zukam! Dann verschwand er aus dem Sichtfeld der Kamera, und das Bild erlosch.

Brömmel ließ sein frisch geköpftes Frühstücksei fallen und sprang auf. Er riss sich die Serviette aus dem Kragen und stolperte in den Garten hinaus. Von Weitem schon sah er die Hühner, die zwischen den Sträuchern nach den frühen Würmern suchten. Die Sonne bahnte sich bereits ihren Weg über die Dächer der Reihenhaussiedlung, und feiner Dunst stieg aus dem taufeuchten Gras auf.

Jemand war des Nachts in den Hühnerstall eingedrungen! Wer war das gewesen? Hatte dieser Jemand ein Huhn gestohlen? Während Kurt auf den Stall zustolperte, schickte er panische Blicke durch den Garten. Er sah Franzi, er sah Belinda, er sah Roselie, er sah Casanova … Wo war Fritzi? Wo zum Teufel war Fritzi?

Als er die Stalltür aufriss, sah er sie. Sie saß im rechten Nistkasten, mit einem Ausdruck ausgesprochener Ernsthaftigkeit im Blick, der stets den Moment der Entstehung eines neuen Eis begleitete. Sie bewegte leicht den Kopf und zeigte ihm überdeutlich, dass sie nicht gestört werden wollte. Fritzi war da! Gesund und munter, ebenso wie die anderen.

Kurt atmete erleichtert auf.

Und trotzdem war er beunruhigt. Was hatte der nächtliche Eindringling im Hühnerstall getan? Eier gestohlen? Wohl kaum. Als er daran dachte, kam ihm die blöde Bemerkung seines Nachbarn Macke in den Sinn. Was hatte der vorgestern gesagt? Ob er ein paar Eier haben könne? Aber der brach doch nicht wegen ein paar Eiern ein.

Kurt ging zurück ins Haus, tief in Gedanken versunken. Er setzte sich vor den Computer und spielte noch einmal die Sequenz mit dem heimlichen Besucher ab. Aufmerksam verfolgte er das Geschehen, Bild für Bild. Was war das? Trug er etwas unter dem Arm? Eine Tasche? Einen Beutel? Ob das wirklich Macke war? Aber der drehte doch sicherlich ganz andere Dinger. Und als Kurt die darauffolgende Passage betrachtete, in der die Kamera erneut von dem Mann ausgelöst worden war, der dieses Mal den Weg zurückging, den er gekommen war, da war er sich sicher. Er erkannte die Tätowierungen an den Armen. Das war Macke. Und dieses Mal trug er nichts unterm Arm.

Dann tauchte nur noch die grau getigerte Katze aus dem übernächsten Haus auf, und für den Rest der Nacht lag Kurt Brömmels Garten in nächtlichem Schlummer.

Kurt ging ein weiteres Mal in den Garten. Er versuchte nachzuvollziehen, wie sein scheußlicher Nachbar in den Garten gekommen und welchen Weg er dann genommen hatte. Da vorne war der Zaun zusammengedrückt. Das musste die Stelle sein, an der Macke herübergekommen war. Dann war der da vorne aus dem Haselnussstrauch aufgetaucht … über die Gehwegplatten hier herüber … dann da herum …

Der Hahn betrachtete ihn mit schief gelegtem Kopf.

»Ich muss nur etwas ausprobieren, Casanova«, murmelte Kurt und steuerte den Hühnerstall an. »Ja, kein Zweifel, er war im Stall.« Er kratzte sich am Kopf und betrachtete Roselie, die hingebungsvoll die morgenfeuchte Erde des Rosenbeets zerfurchte.

Wenig später räumte Kurt Brömmel den Frühstückstisch ab. Das Ei schmeckte auch kalt ganz köstlich. In Gedanken war er noch immer bei den nächtlichen Ereignissen. Sein Nachbar Macke, dieser miese Typ. Offensichtlich musste Kurt sein geliebtes Federvieh weder vor einem Marder noch vor Fuchs, Habicht oder anderen Hühnerdieben schützen, sondern vor diesem elenden Kleinganoven.

Kurt räumte gerade den Käse in den Kühlschrank und war zu der Überzeugung gelangt, dass der Begriff Kleinganove Marco »Macke« Waserke ziemlich genau beschrieb, da fiel sein Blick durchs Fenster auf die Straße. Dort hielt ein Streifenwagen an, und zwei uniformierte Polizisten stiegen aus. Sie näherten sich Mackes Haus, und als Kurt vorsichtig und lautlos das Fenster auf Kipp stellte, hörte er die Türglocke von nebenan, und dann lautes Stimmengewirr.

Schließlich wurde es turbulent. Türen knallten, irgendetwas ging klirrend zu Bruch, lautes Rufen ertönte, und schließlich wurde Macke in Handschellen abgeführt.

In dem Moment, in dem sich die Wagentür hinter ihm schloss, fiel Kurts Blick auf die Zeitung, die immer noch auf dem Frühstückstisch beim Fenster lag. Links neben seiner Hand, mit der er sich darauf abstützte, las er in fetten Buchstaben *BANKÜBERFALL*. Und da beschlich ihn eine Ahnung.

Es dauerte eine ganze Weile, bis sich Kurt Brömmel an diesem Tag zum zweiten Mal in den Hühnerstall wagte. Auf irgendeine unergründliche Art hatte er Angst vor dem, was er dort finden würde. Ihn erwartete kein abgeschlagener Kopf, kein blutiger Dolch, er würde dort auch keine tickende Bombe finden. Aber trotzdem lauerte irgendwo da drin eine Überraschung, die, wenn er die Dinge richtig deutete, mit dem Banküberfall zu tun hatte, der sich am Vortag im Nachbarort ereignet hatte. Ein einzelner Täter hatte dort mit vorgehaltener Pistole achtzigtausend Euro erbeutet. So etwas war genau Mackes Kragenweite.

Als Kurt sich schließlich mit zitternden Fingern in das Innere des Stalls traute, wusste er nur ungefähr, wonach er Ausschau halten musste. Nach einer Tüte, einem Beutel, nach irgendetwas, das man hier verbergen konnte …

»Vielleicht oben auf dem Querbalken«, raunte er Belinda, dem Brahma-Huhn, zu, das im linken Nistkasten saß. Er tastete auf der Oberseite des Balkens herum – nichts. »Oder in der dunklen Ecke neben den Sitzstangen.« Auch dort fand er nichts. Und dann, als er Belinda mit einem liebevollen Blick betrachtete, erkannte er einen bunten Zipfel, der unter ihrem puscheligen weißen Gefieder herausguckte. Das Huhn legte gerade ein Ei auf … Kurt zog an der Ecke des bunten Zipfels, der sich als Teil einer Plastiktüte entpuppte, und murmelte: »Achtzigtausend Euro!« Und als er die Tüte schließlich ganz hervorzog, sprang das Huhn mit protestierendem Gezeter vom Nest und rannte auf den Ausgang zu. Kurt Brömmel starrte auf die Banknotenbündel, von denen ein paar aus der prall gefüllten Tüte gerutscht waren und nun zwischen den Holzspänen auf dem Boden lagen.

Da hörte er das Huhn hinter sich schmerzhaft aufschreien. Als er herumfuhr, sah er, wie sich sein Nachbar Macke aus dem Schwung heraus, mit dem er gerade noch nach dem Huhn getreten hatte, wieder breitbeinig in Angriffsposition brachte.

»Oh, aber die Polizei …«, hauchte Kurt.

»Ham mich wieder gehen lassen. Hatten nix in der Hand.«

Kurt knetete die Plastiktüte. »Ich habe hier gerade … könnte das Ihnen … ich meine, das gehört vielleicht …«

Macke streckte die tätowierte Hand aus. »Her damit.«

Da fiel Kurts Blick auf das Huhn, das anscheinend unter großen Schmerzen aus dem Stall humpelte. Und ihn überkam mit einem Mal eine Wut, wie er sie schon seit einer Ewigkeit nicht mehr verspürt hatte. Er merkte, wie seine Ohren zu glühen begannen, wie das Blut in seinen Adern pochte, und mit einem wilden Aufschrei rannte er auf Macke zu, stieß mit aller Kraft die Hände, in denen er noch immer die Plastiktüte hielt, gegen dessen Brustkorb. Macke wich zurück, stolperte mit dem linken Fuß gegen die hölzerne Türschwelle, stürzte rücklings ins Freie, ruderte mit den Armen, fiel schwer zu Boden, und in dem Moment, in dem sein Kopf auf die Beeteinfassung aus Basaltsteinen aufschlug, krachte es erschreckend laut, als sein Schädel barst.

Nach Athen, das wäre es. Ja, Griechenland wäre das Ziel seiner Wahl. Das erschien ihm ausreichend fern und ausreichend exotisch. Andere Reisen würden vielleicht folgen. Irgendwann. Kurt Brömmel schwor sich, das alles sorgsam zu portionieren. Niemand sollte sich

Gedanken darüber machen, woher er plötzlich all das Geld hatte.

Er saß auf dem Holzschemel, lehnte mit dem Rücken an der Bretterwand des Stalls und sah den Hühnern zu. Wonnevoll spreizten sie die Flügel im Sonnenschein und streckten die Beine aus. Kurt nippte am Wein. »Zuerst mal werde ich euch einen Futterautomaten besorgen«, versprach er. »Den besten, den man kriegen kann. Wenn ich auf Reisen bin, soll es euch an nichts mangeln, hört ihr?«

»Hallo?« Eine dunkle Männerstimme drang durch das Bienensummen und das Vogelgezwitscher, das die Sommerluft füllte.

Kurt wandte sich um und erkannte zwei Polizisten, die am Zaun zu Mackes Grundstück standen. Dort, wo Macke sonst immer selbst mit seiner Dose Bier gestanden hatte. Der eine Beamte war noch jung und hatte ein fliehendes Kinn und einen langen Hals, der Ältere trug einen grauen Vollbart. Er sagte: »Sie werden es mitbekommen haben. Wir sind auf der Suche nach Ihrem Nachbarn.«

»Nach Herrn Waserke?«, fragte Kurt unschuldig. »Hatten Sie ihn nicht schon vor ein paar Tagen abgeholt?«

Der Jüngere nickte. »Hm, ja, stimmt. Wir mussten ihn wieder laufen lassen, aber jetzt gibt es neue Spuren, und die belegen eindeutig …«

Sein Kollege stieß ihn in die Seite. »Er wird auf jeden Fall gesucht. Dringend gesucht.«

»Und er ist nicht zu Hause?«, fragte Kurt und setzte eine Miene auf, die völlige Ahnungslosigkeit widerspiegelte. »Also, er ist richtig weg? Meinen Sie, abgehauen?«

»So sieht es aus.« Der Jüngere nickte. »Verduftet. Und mit ihm die ganze …«

Wieder stieß ihn sein Kollege unsanft an. »Sie können uns also nichts über seinen Aufenthaltsort sagen?«

Kurt schüttelte scheinbar betrübt den Kopf. »Wissen Sie, Herr Waserke und ich, wir verkehren nicht sonderlich viel miteinander. Unterschiedliche Interessen, wenn Sie verstehen, was ich meine.« Er deutete zuerst auf Mackes trostlosen Garten mit den zertrampelten Beeten, dem verdorrten Gras und dem wuchernden Unkraut, und dann auf sein eigenes kleines, buntes Paradies.

»Verstehe«, sagte der Alte. »Wenn er noch mal auftaucht …«

»… melde ich mich bei Ihnen. Natürlich.«

Die beiden Polizisten schickten sich an zu gehen, da sagte der Jüngere: »Schöne Hühner haben Sie da. Machen die viel Arbeit?«

Kurt Brömmel schüttelte den Kopf und lächelte beseelt. »Aber nein, es ist das reine Vergnügen, glauben Sie mir. Es mag sich vielleicht kitschig anhören, aber Hühner machen tatsächlich glücklich.«

Kurt Brömmels liebevoller Blick wanderte zu Casanova hinüber, der aufmerksam und mit gerecktem Hals das kurze Gespräch verfolgt hatte. Das bunte Gefieder glänzte im Sonnenschein. Seine vier Damen hatten eine Stelle gefunden, an der es sich offenbar besonders komfortabel im Staub baden ließ. Sie scharrten und flatterten, und Staubwolken stiegen auf. Ihre vier prallen Leiber aalten sich in der wärmenden Sonne, und als die drei Männer genau hinsahen, erkannten sie etwas, das dazwischen aus der Erde herausguckte. Es hätte ein kleiner Ast sein können, ein kurzer, dicker Zweig mit heller Rinde. Als der Staubwirbel sich verflüchtigte, war es besser zu erkennen, und man konnte durchaus vermuten, es sei eine kleine Ansammlung mehrerer Äste, die da aus der Erde ragten, ganz so wie ein paar Finger. Wurzeln hätten es auch sein können, wie ja überhaupt Wurzeln mitunter die absonderlichsten Formen annehmen. Ein kleiner Wurzelballen, der aussah wie eine menschliche Hand. Und als die Hühner weiterscharrten, kam schemenhaft ein weiterer Ast zum Vorschein, der ähnlich einem Arm an dem Wurzelgebilde dranhing, sodass man versucht war, sich vorzustellen, dort unter der Erde liege vielleicht noch mehr, das an menschliche Gliedmaßen erinnern könnte.

Sie hatten in diesem Moment beim Anblick des munteren Treibens der Hühner alle drei dieselben Gedanken. Und in dieses friedvolle Idyll hinein schmetterte Casanova ein fröhliches Krähen.

April, April

Genaugenommen war Wolli Watusiak nicht der Hellste. Also nicht gerade der Typ, der eine günstige Gelegenheit erkannte, wenn sie regelrecht auf dem Präsentierteller vor ihm lag. Aber an diesem Tag war es anders. Da waren die ganzen Polizisten, die aufgeregt durch den Raum wuselten, um mit Papiertaschentüchern, Zewa und Putzlappen eilig die Cola aufzuwischen, die aus der Flasche geschossen war, die irgendwer offenbar vorher zu stark geschüttelt hatte. Eine braune, schäumende Fontäne war gerade im Pfortenzimmer der kleinen Polizeistation niedergegangen, und da bot sich plötzlich diese einzigartige Gelegenheit.

Einbruchdiebstahl mit Körperverletzung, da würde Wolli für eine Weile in den Knast gehen müssen. Das passte ihm natürlich überhaupt nicht. Genau darüber hatte er gerade nachgedacht, als er auf diesem unbequemen Plastikstuhl gesessen hatte. Und da war dann plötzlich diese Pistole direkt vor seiner Nase gewesen, die er nur aus dem Halfter des Bullen hatte ziehen müssen, und da war die Tür, die sich öffnete, als ein weiterer uniformierter Kollege gut gelaunt mit einem Stapel Pizzakartons hereinkam …

»Hände hoch!«, rief Wolli Watusiak und sprang auf. Die Pizzakartons segelten durch die Luft, Pizzen flogen herum wie Diskusscheiben, und im nächsten Moment war Wolli frei, preschte nach draußen und tauchte mit weit ausholenden Schritten im Kleinstadtgetümmel unter.

An der nächsten Ampel würde er einfach in ein Auto springen und den Fahrer oder die Fahrerin oder dieses andere … Dings … zwingen, ihn fortzubringen.

Aber weit und breit gab es keine Ampel. Nicht mal eine Einmündung oder eine Kreuzung mit Vorfahrtregelung. Die Autos rauschten einfach ungebremst vorbei.

Aber ein Bus stand da an der Haltestelle! Gerade kletterte noch eine alte Oma mühsam hinein. Bevor sich die Tür mit einem Zischen schloss, zwängte sich Wolli hinter der Alten ins Innere und hielt der Busfahrerin mit verkrampften Fingern die Wumme vor die Nase.

»Keine Zicken«, rief er ruppig. »Wir ändern jetzt mal den Fahrplan.«

Die Frau starrte zuerst mit ungläubigem Entsetzen auf die Pistole, aber zu seiner grenzenlosen Überraschung lachte sie plötzlich schallend auf und rief: »Hahaha! Netter Versuch, Kumpel! Fall ich nicht drauf rein!«

Verunsichert ließ er den Blick über die knapp zwanzig Fahrgäste schweifen und brüllte nun lauter, an alle gerichtet: »Keine Mätzchen, hört ihr! Das hier ist eine Entführung.« Er schwenkte den Lauf der Waffe hin und her, um sie wenigstens einmal alle in Angst zu versetzen.

Aber statt Schrecken und Entsetzen erntete er nur albernes Prusten, amüsiertes Kichern und sogar unverhohlenes Gelächter.

Ein breitschultriger Typ in der dritten Reihe stand in diesem Moment auf und räusperte sich wichtig. »Polizei!«, rief er mit verkniffener Miene und zog ein Lederetui aus der Innentasche seines Jacketts. »Lassen Sie sofort die Waffe fallen und ergeben Sie sich!«

Wollis Hand mit der Pistole begann zu zittern. Dann lachte der Typ brüllend los. Der Ausweis, den er Wolli entgegenreckte, war eine Zehnerkarte vom Hallenbad. »April, April!«, rief er fröhlich.

Der erste April! Wolli hatte nicht daran gedacht. Ihm war heute aber sowieso nicht nach Späßen gewesen, und in der jetzigen Situation schon gar nicht.

»Das ist mein blutiger Ernst!«, herrschte Wolli den Mann an und fuchtelte mit der Pistole herum. »Setz dich sofort wieder hin und halt die Klappe, sonst baller ich dir ein Loch in den Schädel!« Und wieder an die Busfahrerin gerichtet: »Los, ab! Auf direktem Weg aus der Stadt raus, aber zackig!«

Die Busfahrerin schüttelte nur grinsend den Kopf, drehte den Zündschlüssel, sodass der Motor augenblicklich verstummte, und sagte: »Sorry, nee, geht nicht, Kumpel. Gewerkschaftlich vorgeschriebene Pause. In zwanzig Minuten geht's weiter!«

»Ja klar, sonst käme der Bus ja womöglich mal irgendwo pünktlich an!«, grölte von hinten der Spaßmacher mit der Hallenbadkarte.

Auch die Busfahrerin rief jetzt heiter: »April, April!«

Wolli Watusiak biss sich auf die Lippen. Das lief nicht rund hier. »Verdammt!«, brüllte er. »Das ist kein dämlicher Aprilscherz!« Er spürte, wie ihm das Blut in den Schläfen pochte. Sein Finger krümmte sich etwas zu sehr am Abzug der Pistole, und ein Knall donnerte plötzlich durch das Innere des Busses, ohne dass Wolli gewusst hätte, wo er hingegangen war. Er konnte es nicht so gut mit Waffen.

Die alte Oma, die etwas weiter hinten Platz genommen hatte, kreischte schrill auf, warf die Arme in die Luft und sackte leblos auf ihrem Sitz zusammen. Ein Röcheln erklang, dann war es totenstill.

Und jetzt wurden die Leute mit einem Mal unruhig. Die Stimmen gingen hin und her, alles reckte die Hälse, um nach der Frau zu sehen.

So ein Mist! Jetzt auch noch so was! Wolli brach der Schweiß aus.

»Türen zu und los!«, rief er panisch. »Oder muss hier noch einer raus?«

Mit großem Gepolter und Getöse sprangen knapp zwanzig Leute von den Sitzen auf und strömten durch die hintere Tür ins Freie. Alles ging so schnell, als hätte eine Orkanböe sie hinausgepustet.

»He, halt, stopp!«, rief Wolli, der befürchtete, seine ganzen Geiseln zu verlieren. »Hiergeblieben! Du da, mach die verdammte Tür zu! Sofort!« Die Busfahrerin folgte seiner Anweisung, und nur der Hallenbadkartenmann schaffte es nicht mehr ins Freie.

Wolli rief ihm zu: »Was ist mit der Alten? Los, guck mal nach!«

Der Mann beugte sich zu dem leblosen Körper hinunter und tastete nach dem Puls. Mit panisch geweiteten Augen sagte er schließlich: »Die Frau ist tot!«

»Verdammt, verdammt, verdammt!« Wolli drehte sich hilflos im Kreis und gestikulierte dabei fahrlässig mit der Pistole. Das hier lief alles ganz anders als erhofft. »Losfahren jetzt! Aber sofort!«

»Huch!« Die Busfahrerin schrak plötzlich zusammen, sog scharf die Luft ein und zeigte auf einen Punkt hinter Wollis linker Schulter. »Da, Vorsicht! Hinter Ihnen!«

Er fuhr herum, aber da war nichts.

»April, April!« Die Frau machte einen Fluchtversuch, aber er stieß sie grob zurück auf den Sitz. »Hiergeblieben!«

Sie murmelte kleinlaut: »War ja nur Spaß.«

Im nächsten Moment hatte sie die Mündung der Pistole an der Schläfe. »Los, mach hinne, Mädchen! Ich verliere langsam die Geduld.«

Sie drehte den Zündschlüssel. »Oh, Mist, Benzin ist alle!«

Hektisch beugte sich Wolli zum Armaturenbrett hinunter. »Was? Stimmt doch gar nicht.« Die Tanknadel pendelte munter in der Mitte.

»April, April!«

In diesem Moment spürte er jetzt selbst etwas in seinem Rücken. Es war hart und kalt. Ein Pistolenlauf!

»So, jetzt aber mal Wumme weg und Hände hoch, Bürschchen«, knurrte der letzte, noch verbliebene Fahrgast ganz nah bei seinem Ohr. »Sonst puste ich dir nämlich ein Loch zwischen die Rippen.«

Wolli fuhr herum und schlug dem Mann mit einem gezielten Handkantenschlag eine Banane aus der Hand.

»April, April!«

Wolli zitterte inzwischen am ganzen Körper.

»Eieiei, der Zündschlüssel lässt sich nicht mehr ganz nach rechts drehen«, jammerte jetzt die Busfahrerin.

Es rauschte in Wollis Ohren.

»April, April!«

Und plötzlich sprang die tote Oma quicklebendig aus ihrer Bank hervor und krähte fröhlich: »April, April!«

Da ließ Wolli endlich mit einem qualvollen Seufzen die Waffe sinken, warf sie achtlos auf einen der vorderen Sitze und wandte sich mit hängenden Schultern der Tür zu.

Die Busfahrerin öffnete sie mit einem Knopfdruck, und als Wolli die Stufen hinunterstieg, riefen die anderen Fahrgäste, die das Schauspiel von draußen aus sicherer Entfernung verfolgt hatten, im Chor: »April, April!«

Wolli Watusiak trottete ermattet auf die beiden Polizisten zu, die sich jetzt vom Polizeirevier her durch die Menge quetschten. In Erwartung der Handschellen streckte er ihnen kraftlos die Arme entgegen und sagte mit brüchiger Stimme: »April, April.«

Herr Müller kommt nach Lüdenscheid

Darf ich vorstellen, das ist Wulf-Dietrich Müller aus Stuttgart. Der kleine, fast kahlköpfige Mann mit dem unmodern geschnittenen dunkelblauen Anzug. Er ist vierundsechzig Jahre alt, geschieden, Vater zweier Kinder. Seine Tochter Beate hat in der Schweiz Medizin studiert und lebt heute mit ihrer Lebensgefährtin in der Nähe von Mailand. Sein Sohn Gereon hat die Möbelpolsterei der Schwiegereltern in Hamburg übernommen. Herr Müller sieht seine Kinder und die beiden Enkelkinder nur selten. Seine Exfrau Elke sieht er noch seltener, was ihm nicht ungelegen kommt.

Er ist Beamter im Vorruhestand, leidet unter Asthma, einem Reizmagen und mehreren Lebensmittelallergien. Es gibt nicht sehr viele Ziele, die Herr Müller sich in seinem Leben gesteckt hat. Und bei den meisten davon ist er gescheitert. Er wurde niemals Klassensprecher, beim Wehrdienst erreichte er keinen höheren Dienstgrad, und auch im Amt blieb ihm jede Beförderung versagt.

Aber heute ist er Erster Vorsitzender der »Humorfreunde Vicco von Bülow Gesellschaft e.V.«, kurz »HuVivoBüGe«, die 247 Mitglieder hat, hauptsächlich im baden-württembergischen Raum.

Seine Mutter ist Zweite Vorsitzende – allerdings nur nominell, denn sie verlässt mit ihren dreiundneunzig Jahren nur noch selten das Haus -, sein Vetter Uli ist Kassenwart. Den verantwortungsvollen Posten des Vereinsvorsitzenden hat sich Wulf-Dietrich Müller nach dem Tod des Gründungsmitglieds Dr. Friedrich Schorlemmer nicht eben erkämpfen müssen. Die Wahl entschied er in Ermangelung eines Gegenkandidaten gleich im ersten Wahlgang für sich.

Seit achteinhalb Monaten leitet er nun die Geschicke des Vereins, der sich die Wahrung des Andenkens an Deutschlands größten Humoristen auf die Fahne geschrieben hat, und in eben dieser Funktion steigt Herr Müller heute, am späten Sonntagnachmittag, nach fast sechsstündiger Fahrt aus dem Zug, der mit knapper Verspätung in den Lüdenscheider Bahnhof eingefahren ist. Es gibt nur ein Gleis. Der Himmel ist grau verhangen, es nieselt.

Lüdenscheid – Herr Müller weiß so gut wie nichts über diese Stadt. Er kann sich nicht erinnern, überhaupt jemals im Sauerland gewesen zu sein. Nur dass die Bundesverdienstkreuze von einer hiesigen Firma produziert werden, das hat er einmal gehört. Nun, ein Bundesverdienstkreuz wird er in seinem Leben wohl kaum noch verliehen bekommen. Aber für seinen Verein, da wird er, solange er im Amt ist, alles tun! Dafür gibt es zwar keinen Orden, aber sein Engagement wird so gewaltig sein, dass man ihm dafür durchaus einen verleihen könnte.

Die Stadt Lüdenscheid will nun also in die Liste der offiziellen Loriot-Gedächtnisstätten aufgenommen werden, die von der HuVivoBüGe geführt wird. Um diesen Antrag zu prüfen, ist er hierhergereist. Denn auf diese exklusive Liste kommt nicht Krethi und Plethi. Das muss man präzise abwägen.

Er schaut an der Waggonreihe des Zugs entlang. Wenn er den Stadtplan richtig gelesen hat, ist er vorhin genau durch das Tal zwischen den beiden evangelischen Friedhöfen gefahren. Um einen dieser beiden Friedhöfe geht es. Dort hinten liegt sein Namensvetter Hans Müller – immerhin schon einmal ein kleiner Pluspunkt für diese Stadt.

Er schreitet gedankenverloren mit seinem kleinen Köfferchen den Bahnsteig entlang, zwischen den Angekommenen hindurch und denen, die ihre Fahrt erst antreten, bis er das Ende der Waggonreihe erreicht hat. Ja, dort hinten, das ist der Friedhof Wehberg, da liegt dieser Herr Müller.

Zugtüren knallen, ein Zischen wird laut, ein kurzes Pfeifen gibt das Signal – der Zug setzt sich sehr langsam mit einem Quietschen in Bewegung.

In diesem Moment strauchelt Wulf-Dietrich Müller. Er weiß nicht, ob er mit dem Fuß gegen irgendetwas gestoßen ist, eine Unebenheit im Pflaster womöglich, ob er auf die eigenen Schnürsenkel getreten ist oder ob ihn jemand angerempelt hat. Er lässt das Köfferchen los, taumelt auf die Bahnsteigkante und den langsam anrollenden Zug zu, rudert mit den Armen und fängt sich im letzten Moment.

Eine Szene wie aus einem Loriot-Sketch. Loriot war der Meister des intelligenten Slapsticks. »Das Bild hing schief« ... Besser kann man so was gar nicht machen als der große Komödiant.

Herr Müller bleibt schwer atmend stehen und öffnet den obersten Hemdknopf. Er holt sein Asthmaspray hervor und inhaliert tief. Kein gutes Omen, denkt er. Lüdenscheid, du wirst es schwer haben.

Dann hebt er seinen Koffer auf und geht in Richtung Innenstadt. Moderne Betonbauten, soweit das Auge blickt. Alles ist grau. Wenn da nicht noch was anderes kommt, sieht er schwarz für einen Platz auf der Liste der HuViVoBüGe.

Er hat schon ein paarmal versucht, den Herrn von der Verwaltung zu erreichen, der ihn eingeladen hat. Mit seinem Mobiltelefon, das so alt ist, dass man nichts anderes damit tun kann als telefonieren. Nun, es ist Wochenende, und der Mann, dessen Namen er sich nicht entsinnen kann, wird sich erholen wollen. Morgen ist auch noch ein Tag.

Darf ich vorstellen, das ist Dr. Konstantin Brösecke aus Kiel. Der dickliche Mann da mit der grauen Stoppelfrisur und der klobigen Brille mit den starken Gläsern. Er ist zweiundsechzig Jahre alt und ledig. Seit vierundzwanzig Jahren führt er eine Fernbeziehung zu Brigitte Fröstel aus Passau, einer ehemaligen Brieffreundin.

Die beiden verbringen jeden Monat ein Wochenende miteinander und fahren gemeinsam in Urlaub. Für Dr. Brösecke kommt aus beruflichen Gründen kein Umzug in Frage. Er müsste seine Professur am Institut für Pflanzenernährung und Bodenkunde aufgeben. Frau Fröstel zieht einen Umzug nach Kiel erst für die Zeit nach dem Ableben ihres inzwischen dreiundzwanzigjährigen Labrador-Rüden »Thoelke« in Betracht. Dr. Brösecke hat zwei Dutzend Patente aus verschiedensten Bereichen des menschlichen Alltags auf seinen Namen angemeldet. Er dirigiert am Abend in seinem Wohnzimmer mit Vorliebe klassische Konzerte und sammelt Zuckerwürfel mit Werbeaufdruck.

Seit drei Jahren ist Dr. Brösecke zudem Vorsitzender des Vereins »Erste unabhängige Vereinigung der Loriot-Enthusiasten Deutschlands e.V.«, kurz »E.U.V.D.L.E.D.«. In einer Kampfabstimmung schlug er seinerzeit acht Mitbewerber aus dem Feld. Seine erste Amtshandlung war eine Satzungsänderung, durch die nun die Dauer des Vorsitzes auf Lebenszeit festgelegt ist.

Dr. Brösecke ist mit dem Auto nach Lüdenscheid gekommen. Mitten in der Altstadt gibt es ein kleines Parkhaus, in dem er seinen Opel für zwei Tage abgestellt hat.

Er ist sich sicher, dass sein Vortrag »Loriot – Ein Leben für die Knollennase« am kommenden Abend in der Bibliothek am Engelbertplatz ein voller Erfolg werden wird. Lüdenscheid ist immerhin der Ort, in dem der Filmregisseur Müller lebte. Müller und Vicco von Bülow haben einander vermutlich nie persönlich kennengelernt, und doch gibt es ein Band, das diese beiden Kulturmenschen miteinander verbunden hat.

Als Dr. Brösecke vor dem kleinen Hotel gegenüber des Kulturhauses angekommen ist, muss er zufrieden schmunzeln. Er sieht es schon von Weitem. Im Fenster steht eine Bronzestatue von Loriots badenden Herren. Herr Müller-Lüdenscheidt und Herr Dr. Klöbner. Nicht gerade lebensgroß, aber doch wunderbar nachgebildet. Was für ein herzlicher Empfang.

Ein Kleintransporter kommt von rechts, ein Taxi mit ausgeschalteter Leuchte von links; Dr. Brösecke wartet, bis er die Straße überqueren kann. Noch ein Auto, noch eins …

Da erwischt ihn ein Stoß in den Rücken. Er wird nach vorne geworfen, sodass ein Radfahrer mit Klingeln und wütendem Geschrei ausweichen muss. Instinktiv packt Dr. Brösecke nach einem der metallenen Poller und verhindert somit im letzten Augenblick, dass er der Länge nach auf die Straße fällt und von einem Auto überrollt wird.

Seine Brille ist zu Boden gefallen. Irgendwo hier, zwischen den kleinen Sträuchern am Rand des Beets. Tastend sucht er danach und tapst zwischen den Zweigen herum. Er kommt sich vor wie Opa Hoppenstedt, der durch Berge von Weihnachtsgeschenkpapier watet. Als er sie schließlich findet und aufsetzt, ist sie gottlob unbeschädigt. Ihm ist plötzlich sehr heiß. Mit einem Mal fühlt er sich gar nicht mehr so willkommen hier im Sauerland. Gleich, wenn er mit Brigitte telefoniert, wird er nichts von dem kleinen Zwischenfall erzählen. Sie ängstigt sich immer so leicht.

Herr Müller hat ein mulmiges Gefühl. Nicht nur, dass er in einer fremden Stadt ist, nein, auch sein schlimmster Feind ist hier: Dr. Brösecke von der E.U.V.D.L.E.D., diesem halbseidenen Sammelsurium von selbsternannten Loriot-Kennern. Er hat ihn gesehen, als er aus dem Parkhaus kam, und hat ihn gleich erkannt. Er kann das Gefühl kaum beschreiben. Es ist, als würde eine kalte, klamme Hand ihm über den Rücken streichen, sich ihm in den Nacken legen, sein Herz packen und fest zudrücken. Dr. Brösecke – sie sind einander noch nie begegnet, aber er weiß alles über ihn und seine Machenschaften. Man muss den Feind kennen!

Hunger hat Herr Müller auch. Die Butterbrote, die er sich zu Hause für die Bahnfahrt geschmiert hat, haben nicht lange vorgehalten. Und diese modernen Bordbistros wird er nicht unterstützen. Die verdienen an ihm keinen Pfennig.

Als er das Hotel verlässt, hat es schon begonnen, dämmrig zu werden. Im Vorbeigehen sieht er noch einmal die beiden badenden Männer im Fenster. Morgen beim Frühstück muss er unbedingt den Platz gleich daneben ergattern. Wer sonst sollte dort sitzen als er! Er biegt in Richtung Altstadt ab, so wie man es ihm geraten hat. Und da ist Herr Müller aber jetzt mal erfreut, als er die kreisrund um die Erlöserkirche angeordneten Gassen und Häuserzeilen erreicht. So hatte er sich das erhofft: liebevoll restaurierte alte Häuser, romantisches Kopfsteinpflaster ... so was mag er. Auf dem Weg vom Bahnhof hierherauf hatte sich sein Schrecken vom Rathausplatz mit seinen komischen Kunstwerken nach und nach verflüchtigt, als langsam immer mehr historische Gebäude entlang der Fußgängerzone auftauchten. Jetzt ist er fast restlos besänftigt.

Morgen früh wird er das Grab von diesem Hans Müller besuchen, jenem Filmregisseur, der von 1909 bis 1977 hier gelebt hat. Loriot erfuhr von seinem Sketchpartner Edgar Hoppe, dass in der Kantine des SWF in Baden-Baden oft mehrere Müllers zu Mittag aßen, und dass die Dame von der Telefonzentrale zur besseren Unterscheidung jeweils den Wohnort anhängte, wenn sie einen von ihnen ausrief. Und so wurde Loriot angeblich zu seinem Müller-Lüdenscheidt inspiriert. Aber ob das reicht, um auf die Liste zu kommen? Der Geburtsort Brandenburg an der Havel, der Wohnort Ammerland am Starnberger See, die Stationen Berlin und Stuttgart, Bremen mit dem Original-Loriot-Sofa, eine Herrenboutique in Wuppertal und einige andere wichtige Orte aus Loriots Leben – ob da Lüdenscheid hineinpasst?

Herr Müller kehrt im Wirtshaus »Zum Schwejk« ein. Das sieht schon von außen besonders rustikal aus. Die Speisekarte ist reichhaltig und international, aber mit Garnelen und Tintenfisch braucht ihm keiner zu kommen. Er isst im Lokal stets Pasta. Und ein kleines Stückchen einer Nudel pappt er sich an die Unterlippe. Das ist ein alter Brauch bei der HuVivoBüGe. Wenn die Nudel so lange klebenbleibt, bis der Kellner oder ein anderer Gast sagt »Sie haben da was«, bringt das Glück.

Herrn Müllers Nudel fällt schon beim ersten Schluck aus seinem Bierglas herunter. Das ist nicht gut. Das liegt an Dr. Brösecke. Dieses Subjekt bereitet ihm Magenschmerzen. Es gehört … es gehört … ausgelöscht!

Dr. Brösecke macht einen Spaziergang durch die Altstadt. Müller hier! Dieser Wicht!

Es ist in den letzten Tagen merklich kühler geworden, und Dr. Brösecke ist froh, den Übergangsmantel mitgenommen zu haben. Es muss etwas geschehen wegen diesem Müller von der dilettantischen Truppe von angeblichen Loriot-Experten! Wenn überhaupt, finden sich solche Fachleute in der E.U.V.D.L.E.D.! Sie sind es doch, die alljährlich den Erwin-Lindemann-Preis an die beste Laiendarstellung eines Loriot-Sketchs in elf verschiedenen Kategorien verleihen. Sie richten den bundesweiten Knollennasen-Malwettbewerb aus! Sie sind es, die sich Loriots berühmtes »Holleri du dödel di!« auf ihre Vereinsflagge haben sticken lassen!

Die HuVivoBüGe ist dagegen nichts mehr als eine Bande von ignoranten Wichtigtuern. In Deutschland ist kein Platz für zwei Loriot-Gesellschaften! Und in Lüdenscheid ist kein Platz für zwei Vorsitzende!

Dr. Brösecke schleicht um das Wirtshaus »Zum Schwejk«. Dort drin sitzt er, dieser Müller. Vermutlich schmiedet er Pläne, wie er Bröseckes morgigen Vortrag stören kann. Ja, vom Neid zerfressen ist Müller. Vom Neid zerfressen und von der Missgunst durchtränkt. Zu recht, denn der große Knüller folgt in zwei Monaten! Bei dem berühmten ZDF-Quiz »Wer weiß das wohl?« wird nämlich ein lupenreiner Vicco-von-Bülow-Kenner auftreten und der gebannt zuschauenden Fernsehnation sein profundes Fachwissen präsentieren. Und das wird nicht Müller sein! Nicht Müller, sondern er – Dr. Brösecke!

Die Soße war ein bisschen zu pikant für Herrn Müllers Geschmack. Er hat das Gefühl, die Sanitäranlagen des Gasthauses gar nicht schnell genug erreichen zu können. Sein ohnehin empfindlicher Magen leidet sehr unter der Situation. Es geht ihm wirklich nicht besonders gut. Sein Puls rast, und er findet gerade noch rechtzeitig Erleichterung auf der Toilette. Er muss wieder an Dr. Brösecke denken. Diese Fernsehproduktion hat ihm doch allen Ernstes mitgeteilt, dass sie die Anfrage für »Wer weiß das wohl?« sowohl an ihn als auch an diesen Hochstapler verschickt hat! Eine Entscheidung, wer der geeignetere Quizkandidat ist, stehe noch aus! Wie können die nur so was machen?

Er steht am Waschbecken und ringt um Luft. Er will nach seinem Asthmaspray greifen, aber es ist nicht an seinem Platz! Er tastet, wühlt … schneller, fahriger, hektischer. Wie kann das sein? Der Atem bleibt ihm weg, die Lunge quält sich ab, kämpft, aber scheint gar keine Luft mehr aufnehmen zu können. Herr Müller japst und keucht, es pfeift in den Bronchien … Wo ist das verflixte Spray? Es ist immer im Jackett! Immer!

Er ist bereits zu Boden gesackt, als ein Mann hereinkommt und ihm sogleich zur Hilfe eilt. »Ich bin Arzt«, sagt er sachlich und öffnet rasch die Knöpfe von Herrn Müllers Hemd.

Interessiert betrachtet Dr. Brösecke die nostalgisch anmutenden Straßenlaternen und die Rankgitter an den Fassaden der kleinen stuckverzierten, meist zweigeschossigen Altstadthäuser.

Vor der Stadtbibliothek plätschert das Wasser in einen großen, achteckigen Brunnen. Er versucht, in das Bibliotheksgebäude hineinzuspähen. Hängt da irgendwo ein Plakat, das auf seine morgige Veranstaltung hinweist? Er kann nichts erkennen und beschließt, zurückzuschlendern. Wenn diese Vortragsreise zu Ende ist, wird er sich an die Fertigstellung seines nächsten Buchs machen: »Die Familienchronik der Hesketh-Fortescues«. Dr. Brösecke kann den ganzen berühmten Loriot-Sketch um die Programmansage der 16-teiligen englischen Krimiserie »Die zwei Cousinen« buchstabengetreu auswendig wiedergeben. Er kann überhaupt jeden Loriot-Sketch auswendig. Und er hat auf zweihundertdreiundachtzig Seiten die gesamte Familienhistorie der Cousinen Priscilla und Gwyneth Molesworth von North Cothelstone Hall schriftlich fixiert und mit einem kunstvoll gezeichneten Stammbaum versehen.

Er legt den Kopf in den Nacken und blickt nach oben. Da sind all diese formvollendeten schmiedeeisernen Schilder über den Geschäften und Lokalen. Sind die historisch? Nein, dazu sind sie zu gut erhalten.

Das da ist aber besonders hübsch. Was stellt das dar? Ein Pferd, das eine Kutsche zieht? Wirklich gelungen. Und da ist noch etwas. Ein kleiner, feiner Draht, der sich durch den dunklen Abendhimmel spannt. Das Licht der Laterne wird für einen kurzen Moment auf seiner Oberfläche reflektiert, sonst würde Dr. Brösecke ihn gar nicht bemerken.

Mit einem Mal knirscht es laut durch die Stille. Die Halterung löst sich mit einem dumpfen Krachen aus der Wand, Schrauben springen in die Tiefe und tanzen klimpernd über den steinernen Boden davon. Im nächsten Augenblick stürzt der schwere Werbeausleger auf Dr. Brösecke zu, der gerade noch zur Seite springen kann.

Das Metall trifft mit einem gewaltigen Scheppern auf das Pflaster. Dr. Brösecke schnappt nach Luft. Sein Herz hämmert wie eine Dampfmaschine. Dieser Müller, denkt Dr. Brösecke schwer atmend, dieser Müller muss weg!

Herr Müller erreicht das Hotel in einem Zustand äußerster Erschöpfung. Wenn dieser Arzt ihm nicht rechtzeitig geholfen hätte, nicht auszudenken …

Er steigt die knarzenden Holzstufen zu seinem Zimmer hinauf. In der Apotheke hat er sich am Notdienstschalter ein neues Asthmaspray besorgt. Ob er überhaupt wird schlafen können? In Hotelzimmern träumt er immer das gleiche. In guten Träumen bekommt er auf großer Bühne feierlich ein Jodeldiplom überreicht.

In schlechten Träumen sucht ihn Vic Dorn, der Horrordarsteller aus dem Loriot-Sketch »Die Maske« heim.

Es war keine gute Idee, nach Lüdenscheid zu kommen. Die Gefahr lauert hier an jeder Straßenecke. Die Gefahr in Gestalt von Dr. Brösecke aus Kiel.

Dr. Brösecke schleppt sich schwerfällig zum Hotel. Sein Knöchel schmerzt. Er hat ihn sich beim rettenden Sprung zur Seite irgendwie verdreht. Wenn das morgen nicht besser ist, muss er einen Arzt aufsuchen.

Wahrscheinlich wird er nicht schlafen können. Nun, er wird es wieder mit Möpse-Zählen versuchen. Eine endlose Reihe von fröhlich hechelnde Mopsrüden, die einer nach dem anderen über sehr, sehr niedrige Hürden springen – das hilft meistens.

Ob es wirklich eine gute Idee war, der Einladung nach Lüdenscheid zu folgen? Immerhin ist dieser Müller aus Stuttgart auch hier. Und dieser Müller ist zu allem fähig, das ahnt er schon lange.

Herr Müller öffnet die Zimmertür und tastet nach dem Lichtschalter. Da legt sich etwas über seinen Mund. Ein Tuch, das einen kräftigen, medizinischen Geruch verströmt. Er spürt seine Beine nicht mehr. Es wird dunkel.

Dr. Brösecke schiebt die Tür des Hotelzimmers auf und lässt den Schlüssel in seine Manteltasche gleiten. Da packt ihn jemand von hinten und drückt ihm mit Gewalt etwas auf Mund und Nase. Etwas Weiches. Es riecht giftig, und er verliert das Bewusstsein.

Es ist nicht nur der Nebel der Betäubung, der sich nach und nach verzieht. Es hängen auch Dampfschwaden in der Luft. Auf den grünblauen Kacheln liegt ein feuchter Film von kondensiertem Wasser. Viel Schaum ist nicht in der Badewanne. Es riecht nach einer Fichtennadelessenz. Das Wasser hat eine angenehme Temperatur. Herr Müller und Dr. Brösecke empfinden das gleichermaßen, als sie beide fast zur selben Zeit die Augen öffnen.

Endlich, nach der langen Zeit inbrünstiger Feindschaft, sitzen sie einander gegenüber. Auge in Auge. Dr. Bröseckes Brillengläser sind beschlagen, er sieht alles nur undeutlich. »Müller«, knurrt er.

»Brösecke«, ächzt Müller.

»Verlassen Sie sofort meine Badewanne!«

»Das ist meine Badewanne!«

»Mein Hotelzimmer, meine Badewanne!«

»Von wegen!«

Sie wollen beide kraftvoll und aggressiv klingen, aber ihre Stimmen sind brüchig und matt. Sie überlegen beide fieberhaft, wie sie hierhergekommen sind. Nackt, gemeinsam in einer etwas antiquierten Hotelbadewanne. Sie erinnern sich undeutlich an den jeweiligen Moment vor ihrer Bewusstlosigkeit.

»Ich bringe Sie um, Sie Wurm«, haucht Müller, und das Wasser läuft ihm beinahe in den Mund. »Sie machen mir den Platz bei ›Wer weiß das wohl?‹ nicht streitig!«

»Von wegen. Ich werde Sie zuerst töten!« Dr. Brösecke würde gerne die Gläser seiner Brille abwischen, aber seine Hände scheinen hinter dem Rücken zusammengebunden zu sein. Er muss aufpassen, dass er nicht mit dem Gesicht unter die Wasseroberfläche rutscht. »Wenn einer als Loriot-Fachmann im Fernsehen auftritt, dann ich!«

»Hoch lebe die ›Humorfreunde Vicco von Bülow Gesellschaft e.V.‹!«

»Ach, was. Nichts geht über die ›Erste unabhängige Vereinigung der Loriot-Enthusiasten Deutschlands e.V.‹!«

»Wir führen das Andenken an Deutschlands größten Humoristen in die Zukunft!«

»Nein, wir bewahren das kulturelle Erbe des größten Komödianten deutscher Zunge bis in alle Ewigkeit!«

»Ein Klavier, ein Klavier!«

»Kosakenzipfel!«

Plötzlich räuspert sich jemand vernehmlich. Sie wenden die Köpfe zur Badezimmertür. Dort steht ein korpulenter Mann im offensichtlich fortgeschrittenen Alter, mit einer blonden Mähne, die unmöglich echt sein kann.

Darf ich vorstellen, das ist Karl-Heinrich Kleinschmidt aus Aachen. Er ist dreiundsechzig Jahre alt und verwitwet. Seine Tochter Fritzi ist gehörlos und arbeitet als Partnerin eines international berühmten Messerwerfers, und seine Tochter Ilse feiert seit fast drei Jahrzehnten große Erfolge als Interpretin deutscher Volkslieder auf zahllosen Bühnen der Vereinigten Staaten. Herr Kleinschmidt hat als Linienbusfahrer bei den Aachener Verkehrsbetrieben gearbeitet und ist seit einer Nierentransplantation Frührentner. Er spielt mit Begeisterung sämtliche gängigen Brettspiele außer Halma und legt Puzzles ab 2000 Teile aufwärts.

Vor allen Dingen aber ist Karl-Heinrich Kleinschmidt der Erste Vorsitzende des Vereins »Deutscher Heinz Erhardt Verein Heiterkeit von 1998 e.V.«, kurz DHEVH, und er ist willens und bereit, diesen Verein beim Quiz »Wer weiß das wohl?« zum Sieg zu führen.

Er lacht die beiden fröhlich an und klatscht beglückt in die Hände. »Und übrigens war der letzte Spielfilm, bei dem Hans Müller Regie führte, ›Drillinge an Bord‹ mit Deutschlands größtem Humoristen Heinz Erhardt!« Er zwinkert Ihnen lustig zu. »Hach, ich hab mal wieder den Schalk im Nacken und ihr den Tod vor Augen!«

Als er den Haartrockner einschaltet, übertönt der die wütenden Proteste der beiden badenden Männer. »So, Leute, noch 'n Gedicht: Es braust der Föhn, die Wellen schlagen, den beiden geht's jetzt an den Kragen!«

Und mit einem »Was bin ich heute wieder für ein Schelm!« wirft er das lärmende Elektrogerät in hohem Bogen in das wohlduftende Badewasser.

Ein telefonischer Auftrag

Bernhard »Benito« Leyendecker drückte seine Zigarre aus und sah auf seine Rolex. Ihm entfuhr ein derber Fluch, und er schlug mit der Faust auf den Mahagonischreibtisch.

Verdammter Mist! Er würde es schon wieder nicht früher nach Hause schaffen. Dabei hatte er sich das so fest vorgenommen! Aber nebenan gab es Ärger. Gewaltigen Ärger. Sie hatten drei seiner Spielclubs auf dem Kieker. Der Typ vom Finanzamt saß da und kontrollierte und kontrollierte. Er hatte Fragen und Fragen, und Hartmann und Ilja verloren bei sowas immer so schnell die Nerven, und bevor man sich's versah, erzählten sie irgendwelchen Bullshit. Nein, nein, er musste hierbleiben und ein Auge auf die Sache haben, sonst würden sie sich als nächstes womöglich das Casino an der Uferpromenade vorknöpfen, und dann würde er bis zum Hals in der Scheiße stecken.

Trotzdem wurmte ihn das mit Jacqueline. Seit über einer Stunde ging sie nicht an ihr Handy, und das war einfach nicht normal. Das Ding war ihr eigentlich ans Ohr gewachsen. Außerdem war sie irgendwie schon seit Tagen so … komisch. Zickig, schnippisch, vorlaut. Heute Morgen hätte er sie fast geohrfeigt, als Ilja ihn zuhause abgeholt hatte.

Leyendecker wählte die Festnetznummer. Das tat er sonst nie. Er hatte sie noch nicht mal eingespeichert.

»Hallo?« Der Typ aus dem Ural war dran. Leyendecker konnte sich seinen Namen nie merken.

»Ja, hallo, ich bin's. Ich kann die Chefin nicht erreichen. Sie geht einfach nicht ans Handy.«

Der Typ am anderen Ende antwortete nicht gleich. Leyendecker hörte nur seinen schweren Atem. Er sah ihn vor sich. Ein Gesicht wie ein Mettbrötchen und ein geradezu unanständig großer Berg von Muskeln.

»Wie heißt du noch mal?«

»Olek.«

»Olek, ist die Chefin da?«

»Chefin?«

Warum stand der Typ auf der Leitung? Irgendwas stimmte doch nicht. Leyendeckers ungutes Gefühl wurde langsam immer stärker.

»Meine Frau. Ist sie nicht da?«

»Frau? Doch, ist da, aber …«

»Aber was?«

Irgendwas war da faul. Er hatte es doch geahnt! Seit etwa zwei Wochen schon lief da irgendwas, von dem er nichts wusste. Und er konnte hier nicht weg!

»Was, verdammt nochmal?«

Man konnte hören, dass der Typ sich zwingen musste, zu antworten. »Ist nicht allein.«

Es traf Leyendecker wie ein Hammer. Deshalb ging sie nicht ans Handy!

»Wer ist denn bei ihr?«, fragte er heiser. Vielleicht war es ja nur eine Freundin. »Ein Mann oder eine Frau?«

»Mann. Nicht wissen Namen. Chefin sagen Schatzi.«

»Schatzi?«, hauchte Leyendecker. »Wirklich Schatzi?«

»Ja, sagen Schatzi. Kommen seit paar Wochen immer Mittag.«

Leyendecker fand einfach keine Worte. Er schnappte nach Luft. In seinen Ohren rauschte das Blut.

Am anderen Ende der Leitung räusperte sich Olek zaghaft.

Leyendecker gab sich einen Ruck. »Wo sind die beiden?«

»Sind in … Schlafzimmer.«

»Meine Fresse, diese verdammte Schlampe«, presste Leyendecker hervor und biss sich auf die Fingerknöchel. Er hatte es geahnt!

»Nicht seien sauer, bitte. Nicht sauer!« Oleks Stimme klang gequält. Er hing hilflos dazwischen und fürchtete sich offenbar, das Falsche zu tun.

»Oh nein, ich bin nicht sauer«, tröstete ihn Leyendecker, nachdem er halbwegs die Fassung wiedergewonnen hatte. »Ganz und gar nicht sauer. Im Gegenteil. Ich bin fast ein bisschen froh!«

»Froh?«

»Genau, froh. Ich weiß jetzt endlich, was läuft.« Er bemühte sich um einen gefestigten, ausgeglichenen Tonfall. »Hör gut zu. Du tust jetzt ganz genau, was ich dir sage.«

»Tue was sagen.«

Leyendecker sah sich um und lauschte zur Tür hinüber. Niemand war in der Nähe, der ihn hören konnte.

»Also: Du gehst ins Büro!«

»In Chef Büro?«

»Ja, du weißt, wo das ist?«

»Ja, Chef Büro.«

»Gut. In einer von den Schreibtischschubladen liegt ein Revolver …«

»Oh, Revolver, Chef? Wirklich Revolver?«

»Ich glaube, in der oberen rechten.«

»Nein, Olek nix will Revolver!«

»Jetzt stell dich nicht so an!«

»Bitte, bitte nix Revolver!«

Aufbrausend rief Leyendecker: »Tu nicht so, als hättest du noch nie einen Revolver in den Pfoten gehabt, du dreckiger …«

»Schon gut, schon gut!« Leyendecker hörte ihn kramen und poltern. »Hier sein Revolver.«

»Okay. Na also. Ist er geladen?«

Es dauerte einen kurzen Moment. »Geladen, ja.«

»So, und jetzt gehst du ins Schlafzimmer …«

»Nein, nein, nein …«

»… und knallst sie ab! Hast du mich verstanden? Du knallst sie beide ab! Sonst komme ich und zieh dir dein Fell ab! Ich zerquetsche dich wie eine Wanze, wenn du nicht tust, was ich dir sage, kapiert?«

»Kapiert!«

»Ich komme zu dir und steche dich ab!«

»Nix stechen, bitte, bitte, bitte!«

»Also los, mach schon!«

Er hörte, wie das Telefon hingelegt wurde und wie der Russe sich entfernte. Die Geräusche waren gedämpft, leise und kaum zuzuordnen. Leyendecker kaute an den Fingernägeln.

Dann knallte es zweimal ganz laut.

Und nach einer kurzen Pause kamen in schneller Folge vier weitere Schüsse.

Dann dauerte es ein wenig, bis das Telefon schließlich wieder aufgenommen wurde.

Niemand sagte etwas. Da war kein Laut.

Dann kam ein leises, säuselndes Geräusch.

Oleks Atem ging rau und schnaufend. »So erschossen. Beide tot.«

Es lief Leyendecker heiß und kalt den Rücken hinunter.

»Gut, Olek. Gut, gut, gut. Das hast du gut gemacht. Und jetzt lässt du erst mal ganz schnell den Revolver verschwinden.«

»Verschwinden?«

»Ja, er darf nicht gefunden werden. Er muss weg!«

»Ah, gut. Revolver weg, wohin?«

»Hör mir gut zu. Du wickelst ihn in ein Küchentuch und gehst damit hinterm Haus den kleinen Trampelpfad zum Meer hinunter.«

Olek atmete schwer und sagte nichts, und Leyendecker wollte schon seine Anweisungen wiederholen, als der Russe unvermittelt fragte: »Meer?«

»Ja, du gehst zum großen Wasser hinterm Haus. Wo die Boote liegen. Zum Meer!«

»Aber hier nix Meer. Da hinten hohe Berge und Skilift. Gestern Schnee.«

Erst jetzt warf Bernhard »Benito« Leyendecker einen Blick auf das Nummerndisplay seines Handys.

»Oh, Entschuldigung«, sagte er leise. »Verwählt.«

Geliefert

Mein Bruder Ingo, der ist voll gemein! Mit dem musste ich schon immer alles teilen! Obwohl der sowieso immer schon mehr hatte, als ich! Das ist so unfair, so gemein! Das ist voll ungerecht! Der war schon immer voll gemein, der Ingo!

Und jetzt ist der Papa gestorben, und da soll ich doch wahrhaftig das ganze Erbe schon wieder mit dem Ingo teilen! Immer soll ich alles teilen! Oh Mann, ist das so ungerecht! Das habe ihm jetzt auch endlich mal ins Gesicht gesagt, dem Blödmann! Ich teile nicht mehr mit dir, habe ich gesagt!

Ja, ist doch wahr, der hat doch genug! Der hat keine blöde Exfrau, die ihm das Geld aus der Tasche zieht, der hat auch keine sechs Kinder, die Unterhalt kriegen, der braucht doch das ganze Geld gar nicht, was der da mit seiner doofen Firma verdient!

So, und deshalb habe ich beschlossen, dass der Ingo unbedingt verschwinden muss, bevor das mit dem Erbe jetzt auch schon wieder schiefläuft. Weg! Wie, weg? Na ja, weg eben! Also ganz weg! Also so tot.

Ich habe so was noch nie gemacht, aber andere machen das ja auch. Hass genug dafür habe ich jedenfalls. Ich glaube, das hat der auch gemerkt. Nee, um den Ingo täte es mir echt nicht leid. Der hat bei der Oma immer die einzige Kirsche aus der Obstsalat-Büchse gekriegt. Ich immer nur den einzigen Kirschkern im Kuchen. Der hat auch keine Windpocken gekriegt! Ich dafür zweimal. Keine Ahnung, wie das geht, aber bei mir war das so. Der Ingo hat auch das Seepferdchen geschafft! Ich nur fast. Und vor allen Dingen hat der mir in der siebten Klasse die Marianne Bürstenbieger ausgespannt, und ich habe dann beim Tanzkurs die hässliche Renate Plötzer gekriegt. So was vergisst man doch nicht!

Was ich dafür so brauche, habe ich alles im Internet gefunden. Klar, ich kann ja nicht in den Baumarkt reinspazieren und fragen, in welchem Regal ich eine *Sig Sauer P226* finde. Oder ein Katana, also so ein megascharfes Samurai-Schwert? Im Waffenladen in Trier würde ich vielleicht was kriegen, aber meinen Sie, ich fahre für den doofen Ingo extra bis nach Trier? Ich hab ja auch kein Auto. Und keinen Führerschein … mehr. Der Ingo hat einen *Porsche Cayenne*. Klar, oder?

Oder Gift – Rizin, Polonium, Thallium … das kriege ich ja nicht beim Lidl oder im Norma.

Mein Kumpel Klausi von der Tankstelle, der hat mir erzählt, dass man in diesem Darknet so ziemlich alles kriegt. Und was soll ich sagen? Der Kerl hat recht! Ist total einfach! Die volle Auswahl. Da bin ich ganze Nächte lang rumgesurft und habe mir tausend Sachen angeguckt und mir immer wieder gesagt: Au ja, das wäre doch gut für den Ingo. Nee, doch besser das da! Ach nee, hier das ist noch krasser! Ich konnte mich kaum entscheiden bei den vielen schlimmen Sachen.

Tja, dann habe ich mir also so ein paar Dinger bestellt. Und dann stand da: *Kunden, die diesen Artikel gekauft haben, interessierten sich auch für folgende Artikel …*

Mann, ich hätte echt immer weiter kaufen können … wenn ich das Geld dafür hätte. Aber dafür muss ich ja erst mal das ganze Erbe kriegen – ohne mit dem blöden Ingo zu teilen!

Der hatte auch ein viel schöneres Bonanza-Rad als ich! Und weniger Pickel. Und beim *Mensch ärgere dich nicht* hat der mich immer voll abgezogen! So einer ist das, der feine Ingo. Voll gemein, echt!

So, und jetzt sind also 500 Milligramm Kaliumcyanid und ein *Final Flick Out*-Springmesser unterwegs zu mir. Ja, Springmesser! Ich bezahle doch kein Vermögen für so ein Samurai-Schwert, das ich ja doch nur einmal für den bescheuerten Ingo brauche. Ach ja, und eine feine *Glock 17* mit zwei Döschen Munition soll heute auch kommen. Das ganze Zeug hab ich bei unterschiedlichen Portalen bestellt. Alles schön anonym verpackt, so wie früher die Post von *Beate Uhse*. Bin mal gespannt, was davon zuerst bei mir ankommt.

Morgen werde ich mich mit Ingo treffen, um mich mit ihm zu »versöhnen«. Haha, ja, am Arsch, versöhnen! Mal gucken, welche Waffe ich einsetze. Vielleicht alle auf einmal. Wo der doch so gemein ist.

Hm, jetzt ist fast schon Mittag. Wann denn wohl das erste Mal einer klingelt? Die Paketdienste kurven ja hier irgendwie immer den ganzen Tag hin und her durch die Siedlung.

Meine Hände zittern ein bisschen. Okay, waren ja auch schon elf Tassen Kaffee. Ich bin wirklich etwas nervös.

Mensch, fällt es mir plötzlich ein, das wird ja wahrscheinlich ein ganz kleines Päckchen sein, das mit dem Cyanid. Vielleicht werfen die das ja einfach nur in den Briefkasten? Ich flitze mal schnell zur Haustür und gucke nach.

So, und was meinen Sie? Da ist zwar kein Briefumschlag im Kasten, aber dafür eine Karte vom Paketdienst. Knallgelb, mit einem Posthorn drauf. »Nicht angetroffen« ist da angekreuzt, und in die leere Zeile darunter hat einer gekritzelt: »Hintar blau Tonnä.« Und ein komischer Klotz mit einem Pfeil ist daneben gemalt, der eine blaue Tonne für Papiermüll, aber genauso gut auch einen Wäschetrockner, eine Hundehütte oder eine Gulaschkanone darstellen könnte. Ich gucke auf die Ziffern, die als Uhrzeit eingetragen wurden: Schon anderthalb Stunden her!

Mein Puls ist sofort auf 280! Ich war den ganzen Vormittag zu Hause! Hab mich nicht geduscht, extra kein Radio angemacht. Hab sogar die Tür aufgelassen, als ich auf dem Pott war! Wieso hat dieser DHL-Idiot denn nicht geklingelt?

Blaue Tonne … blaue Tonne … Altpapier wird doch erst übermorgen abgeholt! Meine blaue Tonne steht wie immer in der Garage, randvoll mit zerrissenen Rechnungen, Mahnungen, Vollstreckungsbescheiden und Pizzakartons! Und die Garage ist abgeschlossen, so wie das auch sein soll. Dabei könnte man da drinnen außer drei Mülltonnen und vier abgefahrenen Winterreifen sowieso nix klauen. Sonst hab ich ja nichts! Der Arsch von Ingo hat ja alles! Der hatte schon damals das größere Zimmer. Und die schönere Tapete! Der hatte auch das geilere Suzi-Quatro-Poster! Immer hatte der was Besseres! Der ist so gemein, der Typ! So was von voll gemein!

Dieser verdammte Paketbote! Ich renne zur Straße. Wo steht denn hier eine blaue Tonne? Wo denn bloß, verdammt?

Da hinten, zwei Häuser weiter, Nummer 42! Gleich neben der Haustür! Drei Abfalltonnen stehen da, schwarz, braun und blau. Da wohnt das Ehepaar, das sich immer so laut anbrüllt, dass man es in sämtlichen Gärten auf unserer Straßenseite hört. Ich glaube, sie heißt »Dumme Kuh« und er »Blöder Arsch« – so nennen die sich auf jeden Fall immer.

Ich laufe zu dem Haus und mache mich ungeniert an der blauen Tonne zu schaffen. Aber dahinter liegt nichts außer einem Kaugummipapierchen und einer zerknitterten Tankquittung. Verdammt!

Auf dem Klingelschild steht *Kröger*. So heißen die also. Kuh und Arsch Kröger. Ich muss mich überwinden, den Knopf zu drücken und warte danach eine gefühlte Ewigkeit, bis die Tür geöffnet wird.

Es ist die Frau. Ihr Haar ist ein bisschen zerzaust, aber sie sieht irgendwie zufrieden aus. Um ihre Mundwinkel zuckt es, als hätte sie gerade etwas sehr Schönes erlebt.

»Ja, bitte?«

Wie soll ich die Frage formulieren? Ich versuche es mal so: »Bitte entschuldigen Sie die Störung. Ich wohne da hinten, in dem Haus mit den dunklen Fensterrahmen. Könnte es wohl sein, dass der Paketbote etwas für mich hinter Ihrer Tonne deponiert hat?« Ich wedele mit dem DHL-Zettel.

»Bei mir?«, fragt sie unschuldig lächelnd. »Für Sie? Hinter meiner blauen Tonne?«

Ich stutze. »Ja, genau, so hat er es geschrieben.« Ich zeige ihr den Zettel.

»Wie groß soll denn das gewesen sein?«

Ich zucke mit den Schultern. Was war wohl drin? Das Messer? Die Pistole? Das Gift? Unsicher deute ich mit den Händen eine vage mittlere Größe an.

Sie lacht heiter. »Nein, so groß ganz bestimmt nicht.«

»Kleiner? Es war kleiner, stimmt's?«

Aha, das Gift also! Ein kleiner, unscheinbarer Umschlag wahrscheinlich!

»Nein, nein, auch nicht kleiner. Überhaupt nichts war da! Und erst recht nicht hinter der blauen Tonne. Und bei uns schon sowieso nicht!«

Da höre ich im Hintergrund ein Röcheln und Stöhnen. Mein Blick fällt an ihrer prallen Hüfte vorbei in den Flur. Hinter einer halb offenstehenden Zimmertür sehe ich etwas auf dem Boden zappeln. Füße? Beine?

»Der Hund«, sagt sie schnell. »Ist nur der Hund!«

Das Ehepaar hat gar keinen Hund. Sie haben drei Katzen, die uns immer auf die Terrasse kacken.

Das dumpfe Röcheln wird jetzt lauter und entwickelt sich zum schmerzgepeinigten Röhren. Etwas poltert und klirrt, dann wimmert jemand wie ein verendendes Tier.

Sie macht ein paar schnelle Schritte auf die Zimmertür zu, zieht sie resolut ins Schloss und kommt zu mir zurück.

»Hat wieder irgendwas gefressen, was er nicht verträgt.« Dann schickt sie mit einem Mal sehr grimmig hinterher: »Na ja, hat es jedenfalls verdient, das elende Drecksvieh. Der Arsch.«

Mit einem beiläufigen »Tja, da kann ich Ihnen leider nicht helfen« schließt sie die Tür, durch die gerade noch ein Hauch von Bittermandelduft zu mir herausweht.

Ich balle die Fäuste. Meine Post aufzumachen! Wo sind wir denn? Was ist denn das für eine Art!

Okay, also kein Gift für Ingo! Für diesen miesen Typen, der immer in allem mehr Glück gehabt hat als ich! Ich bin auf der Kirmes vom Karussell geflogen, er mit Tante Lotti nach Fuerteventura. Er hat die gesunden

Zähne, ich den Fußpilz! Ich lag auf meinem Geburtstag mit Mumps im Bett, er hat mit dem Junior Menü bei McDonalds gefeiert!

Ich stampfe gerade wütend mit dem Fuß auf, da braust der Wagen eines Paketdienstes heran. *Hermes* steht in großen Buchstaben auf der Seite. Meine Wut tritt in den Hintergrund, und das Adrenalin jagt durch meine Adern. Endlich!

Aber der Wagen fährt gerade nicht etwa zu meiner Haustür hin, sondern von ihr weg! Ich springe auf die Straße und rudere wie wild mit den Armen. »He, halt! Haben Sie ein Paket für mich? Dahinten, das Haus mit den dunklen Fensterrahmen!«

Der Fahrer verlangsamt die Fahrt nur unmerklich und kurbelt das Fenster halb herunter. »Isch abgegeben!«, ruft er mit einem südlich klingenden Akzent. »Musst du gucken Zettel in Briefkasten, Kollega!«

»Verdammt, ich war doch nur ganz kurz weg!«

»Dann demnächst du bleiben zuhaus, Alda, wenn du warten Paket, kapiert!«

Die Scheibe fährt ganz schnell wieder nach oben, und der Motor heult auf, als er um die Straßenecke davonbraust.

Das Messer! Oder die Pistole!

Als ich zurückrenne, erkenne ich schon von Weitem einen Papierzipfel, der wie zum Hohn aus meinem Briefkasten hervorguckt. Mit zitternden Fingern ziehe ich die Karte heraus: »Ihre Sendung wurde an Ihren Nachbarn übergeben.«

Und was ist das daneben für ein Kugelschreiber-Gekritzel? Zahlen? Buchstaben? Runen? Soll das etwa ein

Name sein? Zukrevsh? Bloghakm? Xöwabukl? Verdammt, verdammt, verdammt, keine Sau kann das lesen! Das wurde im Dunkeln mit einem Stift geschrieben, der zwischen zwei Arschbacken geklemmt war!

Ich gucke hektisch zwischen den Häusern hin und her. Keine Menschenseele zu sehen! Wo ist denn hier zu dieser Zeit einer zuhause? Irgendwo ist jetzt mein zweites Paket! Was ist wohl drin? Die Glock? Das Springmesser?

In diesem Augenblick knallt es laut. Das Echo schallt durch die ganze Siedlung, aber von wo genau das Geräusch kam, ist nicht auszumachen. Nur einen kurzen Moment später wird auf der anderen Straßenseite, im Haus Nummer 29, ein Fenster aufgerissen. Herr Wiedehopf, der Frührentner steckt den Kopf heraus und ruft lachend und mit mühsam erzwungener Fröhlichkeit: »Keine Sorge, nichts passiert! Das war nur meine Frau! Ihr ist … eine Dose … Zucchinisuppe in der Mikrowelle explodiert! Ja, genau, Zucchinisuppe! Einfach so explodiert. Alles okay! Das war kein Schuss! Kein Grund, die Polizei zu rufen!«

Ich rufe matt zurück: »Na, dann ist ja gut!«

»Alles bestens!«, ruft er noch mal. »Kein Schuss! Nicht, dass Sie denken, das wäre ein Schuss gewesen!«

Natürlich war das ein Schuss. Aus meiner Glock! Schöner Mist. Die Kugel hätte durch Ingos Schädel gehen sollen. Alle 20 Kugeln! Ich zerknülle den Paketzettel. Das verdammte Gekritzel heißt doch nie im Leben *Wiedehopf*.

Okay, mit dem Messer also! Ingo, der Doofmann wird durch mein *Final Flick Out*-Springmesser sterben! Ich werde ihm richtig weh tun!

Ingo ist so ein gemeiner, blöder Typ! Das glaubt mir keiner. Der gönnt mir gar nix! Der spielt Tennis mit dem Bürgermeister. Der sammelt Champagnerkorken, fährt drei Autos und ist mit dem offiziellen deutschen Angelina-Jolie-Double verheiratet. Und der hat viel mehr Haare als ich! Immer in der aktuellen Modefarbe!

So, jetzt lasse ich die Haustür vorsichtshalber weit offen stehen. Taste mich langsam rückwärts in das Innere meines Hauses hinein. Behalte den Briefkasten so lange im Blick, wie es nur geht.

Ich setze mich auf einen Stuhl beim Wohnzimmerfenster, starre durch die offenen Türen auf die Straße hinaus und kaue auf der Unterlippe. Eigentlich müsste ich mal ganz dringend aufs Klo, aber das muss jetzt eben mal warten. Ich habe höllischen Durst, aber das spielt jetzt keine Rolle. Meine Zigaretten liegen auf dem Küchentisch, aber ich darf mich keinen Millimeter von der Stelle bewegen.

Es dauert ganze siebenundvierzig Minuten. Ich gucke immer nur ganz kurz auf die Armbanduhr, lasse den Blick ansonsten nicht von der Straße.

Es ist ein großer, dunkelbrauner Transporter. UPS. Meine Hände zittern. Das kommt aber nicht von den elf Tassen Kaffee.

Als der Wagen anhält, bin ich schon draußen, sprinte auf die Fahrertür zu, die sich öffnet. Der Mann sieht sehr ungepflegt aus, ganz verschwitzt. Riesige Schweißflecke sind von seinen Achseln aus über das halbe T-Shirt gewachsen. In seinem Bart hängen Brötchenkrümel. Oder sehr große Schuppen. Oder beides.

»Haben Sie ein Paket für mich?«

Er fragt nach meinem Namen, und als ich ihn nenne, schüttelt er den Kopf. »Nö, nix für Sie, tut mir leid. Ich habe hier was für Zengerle.« Er studiert angestrengt das Etikett. »Hiltrud Zengerle.« Er zeigt mir ein Paket, auf dem »Vorsicht Glas« steht. Dann stapft er zielstrebig auf Haus Nummer 37 zu, in dem Frau Zengerle wohnt. Ich packe ihn am Arm. »Halt!«, rufe ich. »Mein Päckchen! Geben Sie mir zuerst mein Päckchen! Es ist irgendwo da drinnen in Ihrer verdammten Karre!«

Er dreht sich langsam um. Der Kerl ist einen guten Kopf größer als ich.

»Holen Sie es raus und geben Sie es mir! Jetzt sofort!«

»Pass mal auf, ich gebe dir gleich ganz was anderes, du Heini!«

Unvermittelt wirft er das Paket auf den Bürgersteig. Es klirrt und scheppert darin. Seine Hände schnellen nach vorne, und seine großen, groben Finger legen sich um meine Gurgel. Ich atme hektisch durch die Nase ein und aus und inhaliere seinen Schweißgeruch noch intensiver.

»Ich hab kein scheiß Paket für dich, hörst du, du Knallkopp!«

Er würgt mich, und mir wird schwindelig. Das ist alles Ingo schuld, der gemeine Typ! Ingo, dieser gottverdammte Idiot hat mich in diese beschissene Situation gebracht! Ich könnte heulen! Der ist so verdammt gemein! Aber dieses Mal lasse ich mir nichts mehr gefallen! Nicht von meinem gemeinen, blöden Bruder!

Ich werde ihn plattmachen! Ausradieren werde ich ihn, diesen elenden …

Von irgendwoher erregt plötzlich ein summendes Geräusch die Aufmerksamkeit des Paketboten, der den

Blick von mir abwendet und nach oben sieht. Das Surren wird lauter und lauter. Der Paketbote reckt den Kopf nach oben und sucht mit dem Blick den Himmel ab. Dann sehen wir es beide gleichzeitig. Etwas nähert sich wie ein gigantisches Insekt durch die Luft. Sein Griff lockert sich, und ich schnappe nach Luft.

Das Insekt trägt etwas! Ein Päckchen! Eine Drohne nähert sich mit mäßiger Geschwindigkeit und fliegt über unsere Köpfe hinweg auf mein Haus zu!

Ich winde mich aus dem Griff des Paketboten heraus und renne los. Eine Paketzustellung per Drohne! Wie clever! Kein Ablegen hinter irgendwelchen Mülltonnen, kein Zustellen irgendwo in der Nachbarschaft! Da kommt endlich mein Springmesser angeflogen, und ich werde nicht zulassen, dass das auch noch in die falschen Hände gerät!

Die Drohne steuert meine Garage an, fliegt aber mit sanftem Schwung darüber hinweg. Ich renne ums Haus herum und komme gerade rechtzeitig im Garten an, um zu beobachten, wie das Fluggerät in den Sinkflug übergeht. Ich erkenne deutlich die vier kleinen Rotoren und die Klammergriffe, die die kostbare Fracht umfassen. Aufgeregt hüpfe ich auf und ab, juble, winke, jauchze.

Ich renne, springe, packe zu.

Und dann halte ich schließlich mein Päckchen in der Hand, und ich kann mein Glück nicht fassen. Endlich, endlich, endlich, das Mordinstrument, ein Geschenk des Himmels! Da steht mein Name auf dem Adressetikett, deutlich lesbar! Und der Absender ist …

Ingo?

Und dann höre ich aus dem Inneren des Pakets ein Ticken. Es ist laut und gleichmäßig, und ich weiß in diesem Moment, dass es sich weder um einen Wecker noch um eine Eieruhr handelt. Da drin tickt etwas ganz anderes.

Der Ingo, der ist echt so was von voll gemein!

Ein unglaublich blöder, gemeiner Typ!

So gemein, das können Sie sich gar nicht vorstellen!

Willkommen auf dem Platz

Schön, dass Sie uns hier draußen gefunden.
Nach der Reise, den mühsamen Stunden
können Sie zwischen Wiesen und Tannen
in beruhigender Stille entspannen.
All die Gründe für Ruhe und Frieden
sind im doppelten Wortsinn verschieden.

Um den Operntenor aus dem Norden
ist es still im Mobilhome geworden.
Am Gesang hat er nicht mehr viel Spaß.
Da riecht's immer ein bisschen nach Gas.
Und es brennt seit November kein Licht.
Darum kümmern Sie sich besser nicht.

Dieses Hauszelt, das bunte, dort hinten,
das gehörte dem Schlachter aus Minden.
Der zog kürzlich erst auf die Antillen.
Vorher schenkte er allen zum Grillen
ganz viel Wurst und auch köstlichen Speck.
Seine Gattin, die war plötzlich weg.

Im Gebäude am Rand vom Gelände
kann man nach eines Urlaubstags Ende
eine schön heiße Dusche genießen.
Von dem Blut auf den blassgelben Fliesen
sieht man heute schon fast gar nichts mehr.
Und das ist ja auch schon länger her.

Beim gemeinsamen Kochen zu zweit
gab es bei den zwei Campern dort Streit
mit dem Messer. Seitdem, wie betrüblich,
hat das Zelt viel mehr Nähte als üblich.
Ganz alleine mit Nadel und Faden
repariert jetzt die Frau diesen Schaden.

Eine steinalte Frau, sehr betucht,
wird oft von der Familie besucht.
Sie ist viel reicher, als man sich vorstellt,
und sitzt Tag und Nacht in ihrem Vorzelt.
Sie rührt sich keinen Meter vom Fleck
und riecht streng, kriegen Sie keinen Schreck.

Und ein Fräulein mit wenig Textilien
hat im Hauszelt beim Beet mit den Lilien
viele Herrn mit Massage verwöhnt.
Leider wurd dabei reichlich gestöhnt.
Der Esbitkocher bremste den Spaß.
Man erkennt es am kohlschwarzen Gras.

Und im Shop kriegt man Zeitung und Kleber,
Büchsenöffner und auch Wagenheber.
Und die Truhe beinhaltet viel
Fertigpizza, Spinat, Eis am Stiel.
Misst zwei Meter mal einen genau.
Und der Platzwart vermisst seine Frau.

Dort hinten im Schatten der Pinien,
da sieht man noch schwach weiße Linien
in Form einer Menschengestalt,
am Boden auf grauem Asphalt.
Sie sollten sich nicht darum scheren,
die verschwinden nach mehrmaligem Kehren.

Aus dem grünlichen Campingmobil dort
lief der Gattin ein Jäger aus Kiel fort.
Trotz der Schonzeit sind Schüsse gefallen.
Alle hörten das schreckliche Knallen.
Im Mobil hängen lauter Geweihe
und ein Jägerhut in einer Reihe.

Gegen Mäuse ging im Caravan
eine Greisin mit Rattengift an.
Und ihr Mann, keiner weiß, was geschehen,
der wurd seither nicht mehr hier gesehen.
Sie hat mit morschem Zeug in der Nacht
sich ein Lagerfeuer gemacht.

Hier bei uns wird es Ihnen gefallen.
Doch, so ging es bis jetzt immer allen.
Dieser Platz ist so ruhig und still.
Wie ein Friedhof fast, wenn man so will.
So ruhig hatten Sie es sicher nie.
So, wir suchen ein Plätzchen für Sie.

Schwarz wie Kohle

Wenn sein Chef wütend wurde, platzten ihm die Äderchen in den Augäpfeln. Wenn man nahe genug stand, konnte man ganz genau beobachten, wie es passierte.

»Verdammte Scheiße!«, brüllte Stöver und ballte die Fäuste. »Das kann ja wohl nicht wahr sein! Siebenundzwanzig Salatschüsseln stehen im Pavillon auf dem Büffet, ein Kubikmeter Fleisch, so teuer wie ein Seat Ibiza wartet in der Kühlung, um sieben stehen hier die ersten Leute auf der Matte, und du Evolutionsbremse traust dich wahrhaftig, mir ins Gesicht zu sagen, dass du keine Grillkohle besorgt hast? Ist dein Clownkostüm in der Reinigung, oder was? Zieh los und besorg mir Grillkohle, aber zacki zacki!«

Pit kaute auf der Unterlippe. Wie sollte er es denn so ausdrücken, dass sein Chef es endlich kapierte: Am Sonntag hatten die Geschäfte zu, an sämtlichen Tankstellen im Umkreis von hundert Kilometern waren wegen des Bombenwetters die Vorräte geplündert, und bei sich zuhause in der Garage hatte er nur noch einen ömmeligen Rest Billig-Grillkohle vom vorletzten Jahr. Vielleicht zwei Handvoll Holzkohlebrösel, deren Papiersack schon die Mäuse zerfressen hatten.

»Besorg mir auf der Stelle Kohle, du Knallbirne, sonst greift deine Zahnbürste morgen früh ins Leere!«

Schon wieder platzte ein Äderchen. Knallrot. So rot wie das Zeug in dem Schüsselchen, das die Frau seines Chefs auf dem Tablett hatte, die jetzt im Durchgang zum Wintergarten auftauchte.

»Aber nicht wieder so ein Dreckszeug wie vor vier Wochen!«, keifte sie. Sie war bereits für den festlichen

Anlass in einen bauchfreien Hosenanzug mit Regenbogenpailletten gekleidet. »Heute kommen die voll wichtigen Gäste, und die kriegen Schweinenacken vom Ibérico und Kalbskarree und so Zeug, und da muss Eins A Kohle auf den Grill. Letztes Mal hat alles gequalmt wie Sau, und das ganze Zeug war entweder nicht durch oder angebrannt!«

Dass das wohl kaum an der Kohle, sondern eher an den mangelnden Grillkünsten seines Chefs gelegen hatte, traute sich Pit nicht zu sagen. Er traute sich auch nicht zu erwähnen, dass er eigentlich seit vorgestern zwei Wochen Urlaub hatte.

Stövers Hand fuhr nach vorne, packte den Halsausschnitt von Pits T-Shirt und zog ihn mit einem kräftigen Ruck ganz nahe zu sich heran.

Jetzt sah Pit die Äderchen so deutlich wie noch nie. Er glaubte sogar hören zu können, wie sie platzten. Es sah aus wie ein Silvesterfeuerwerk. »Hör mir gut zu, du Gulaschfresse«, raunte der Chef drohend. »In spätestens anderthalb Stunden habe ich hier drei Sack Super-Deluxe-Grillkohle, sonst mache ich dich fertig. So richtig fertig. Dann bist du gefeuert und du fliegst aus der Wohnung!«

Mit Pits Chef war nicht zu spaßen, das wusste jeder. Die Dachdeckerfirma war nur ein Deckmäntelchen, unter dessen Schutz die absonderlichsten Geschäfte abgewickelt wurden. Es ging immer um allerlei Dinge, die keiner sehen, um Leute, die keiner kennen und um viel Geld, von dem keiner wissen durfte.

* * *

Zuerst fuhr Pit eine halbe Stunde ziellos durch die Gegend, dann fiel ihm sein Kumpel Knorke ein. Der war seine letzte Rettung. Knorke wusste immer was. Knorke saß gerade auf der vergammelten Terrasse seines heruntergekommenen Hauses am Stadtrand und grillte. So wie offenbar die gesamte Menschheit an diesem Tag. Und er verkokelte dabei ein Billigkotelett, bei dem man weder von der Optik noch vom Geruch her erkennen konnte, ob er vorher die Folie entfernt hatte. »Tut mir leid, Pit, das da war meine letzte Grillkohle.«

Man konnte nicht sagen, ob er das auf oder unter dem Rost meinte.

»Verdammt, Knorke, ich brauch was, was brennt.«

»Dahinten liegen noch'n paar olle Paletten.« Knorkes Garten war so etwas wie ein Baustofflager.

»Das Zeug muss schwarz sein. Schwarz wie Kohle.«

»Oder nimmste dir'n paar von den Reifen da vorne. Das gibt auch ordentlich Qualm.«

»Reifen, Quatsch. Merkt man doch gleich.«

In diesem Moment blieb Pits Blick an einem großen, halb zugewucherten Stapel am Rand des Grundstücks hängen. »Was ist denn das da?«

Knorkes schläfriger Blick brauchte eine Weile, bis er das fand, was Pits Interesse geweckt hatte. »Das da hinten? Eisenbahnschwellen.« Er trank seine Bierflasche leer. »Hab ich mal für einen entsorgt, der nen alten Bahnhof gekauft hat. Hat der sich richtig was kosten lassen.«

»Entsorgt?«

»Ja, ich begrab die irgendwann mal.«

Pit besah sich den Haufen aus der Nähe. Es handelte sich um etwa ein Dutzend gewaltiger, dicker Bohlen, die etwa zweieinhalb Meter lang waren. »Ist das Holz? Die Dinger sind ja total dunkel, fast schwarz.«

»Das *war* mal Holz. Kernige deutsche Eiche. Aber das Zeug, mit dem die getränkt worden sind, ist so was wie ne wilde Mischung aus Glyphosat, Atommüll und Agent Orange. Und so schwarz sind die, weil die imprägniert sind bis in die letzten Poren, und weil da hundert Jahre lang fiese, dreckige, verölte Güterzüge drübergerattert sind.«

»Ob die wohl brennen?«

»Glaub schon. Irgendwas von dem ganzen Dreckszeug da drin wird schon Feuer fangen. In jedem Splitter davon findest du die ganze Gefahrguttabelle rauf und runter.« Knorke stellte sich in Positur und strullerte in die Brennnesseln. »Kannste alle haben.«

»Einer reicht«, murmelte Pit, und in seinem Kopf arbeitete es. »Und deine Flex bräuchte ich mal.«

Knorke guckte zum Grill hinüber. »Ich glaub, die brauch ich erst noch mal kurz für mein Kotelett.«

* * *

Pits Stimme zitterte nur ganz leicht, als er seinem Chef erklärte, was er ihm da in einem alten Kartoffelsack überreichte. »Das ist Spezial-Grillkohle. Also echt spezielle Spezial-Grillkohle.«

Stöver hielt einen der grob zurechtgesägten Würfel in der Hand und schnupperte daran. »Das riecht voll Scheiße, das Zeug.«

Pit hatte am ersten Drittel der Eisenbahnschwelle ganze vier Flexscheiben runtergeorgelt.

»Ist von meinem Vetter, der importiert das aus ... Malaysia.« Es war der erste exotische Name, der ihm durch den Kopf schoss.

»Hm, und das soll Holzkohle sein? Aus Malaysia?«

»Mörderteuer und total exklusiv. Vom Aprikosenbrotbaum.«

»Aprikosenbrotbaum?«, quiekte Stövers Frau. »Hab ich noch nie von gehört.«

Ihr Mann fuhr herum und blaffte sie an: »Als ob du überhaupt schon mal irgendwas gehört hättest!« Dann wandte er sich wieder an Pit und kniff drohend die Augen zusammen. »Pass auf, du Hohlbrot, da draußen am Grill steht ein Leihkoch, der kriegt zweihundert Ocken die Stunde, und der spielt jetzt schon seit fünf Uhr Taschenbillard, weil er nix zu tun hat. Wenn ich dem das Zeug bringe, und wenn der damit klarkommt, dann kann es sein, dass ich dir nicht die Nase breche, kapiert?«

Das kapierte Pit mühelos. Er kapierte aber auch, dass sich das mit der gebrochenen Nase wohl über kurz oder lang trotzdem nicht vermeiden lassen würde.

Während Stöver mit dem Sack davonstapfte, wartete Pit auf der Fußmatte. Stövers Frau fummelte derweil an ihrem Paillettenkostüm herum, kaute Kaugummi und betrachtete ihn dabei eingehend – mit angewidertem Gesichtsausdruck. »Du bist nicht nur blöd wie ein Klappspaten, du siehst auch noch aus wie ein Stück Napfsülze.« Er wusste nicht, was er darauf erwidern sollte. Im Hintergrund waren Gelächter und Partymusik zu hören. Es erschien Pit wie eine Ewigkeit, bis Stöver zurückkam.

»Der Grilltyp sagt, mit Kohle vom malaiischen Aprikosenbrotbaum hätte er schon oft gearbeitet. Die wär

Premium. Der heizt jetzt den Grill an, und dann wandern da die sechs Wochen gereiften Porterhouse Steaks auf den Rost. Hier …« Er pflückte einen Hunderter aus der Brusttasche seines weißen Hemds. »Noch zwei Sack, dann läuft die Sache.«

Pits Puls hämmerte wie ein Eisenbahnwaggon, der über die Schienen donnert, als er zum Auto zurückging. Knorke würde inzwischen den Rest der Schwelle kleingemacht haben, wenn er zurückkam. Es musste jetzt alles schnell gehen, bevor das erste Stück Fleisch in Kontakt mit der Sondermüllkohle kam.

* * *

Nach Hause traute sich Pit am Abend dann erstmal nicht. Stöver wusste immerhin, wo er wohnte. Stattdessen lud er Knorke in die Bahnhofskneipe ein, wo sie den Hunderter versoffen. Gegen ein Uhr in der Nacht wurden sie rausgeschmissen und torkelten in unterschiedliche Richtungen davon.

Er wusste nicht, wo er hinsollte. Zwar war da die schwache Hoffnung, dass Stöver und seine Gäste inzwischen auf der Intensivstation lagen und ihm erst mal nichts antun konnten, aber ein paar Tage lang musste er auf jeden Fall zur Sicherheit untertauchen. Vielleicht bei seiner Tante in Frankfurt.

Links von ihm rauschte der letzte Zug vorbei.

Zuerst merkte Pit nicht, dass Stövers Lamborghini im Schritttempo rechts neben ihm herfuhr. Erst als an der nächsten Kreuzung plötzlich zwei starke Hände von hinten nach ihm griffen, ahnte er, was nun geschehen würde.

Hoffentlich würde es schnell gehen, und hoffentlich würden ein paar Knochen heil bleiben.

»Der Typ ist zu blöd eine Banane aufzumachen, hab ich immer gedacht, dessen Blutgruppe ist Nutella«, knurrte Stöver ihm ins Ohr. »Aber Mannomann, du bist ja doch cleverer, als du aussiehst.«

Pit glaubte zuerst, es läge am vielen Bier oder am schwachen Licht der Straßenlaternen. War das etwa ein Grinsen auf dem Gesicht seines Chefs? Keine Äderchen, die in seinen Augen platzten, kein Zähnefletschen …

»Wieso, was ist denn?«, presste er hervor.

»Der Leihkoch hat auf deiner malaiischen Aprikosenbrotbaumholzkohle gegrillt! Keiner von den Leuten, die heute auf meiner Party waren, hat das schon mal gemacht. Aber alle – ich betone: alle! – haben schon mal davon gehört. Und ich kann dir sagen, das Aprikosenzeug war der absolute Bringer. Das Fleisch, die gefüllten Kartoffeln … so ein dermaßen endgeiles Raucharoma haben die noch nie im Mund gehabt!«

»Hat also geschmeckt?«, fragte Pit tonlos.

»Geschmeckt?« Stöver lachte laut durch die Nacht. »Ich brauche morgen noch zehn Säcke von dem Stoff!«

* * *

Es war harte, schweißtreibende Arbeit. Anderthalb steinharte, hundertjährige Eisenbahnschwellen zu zerstückeln war wahrhaftig kein Nonnenhockey. Stöver betrachtete prüfend die Säcke, die er mit Knorkes Anhänger herangekarrt hatte. »Kann das sein, dass die gestern voller waren?«

»Das täuscht«, sagte Pit.

»Bescheiß mich bloß nicht«, knurrte Stöver und öffnete einen der Säcke. Der Gestank von allen Giftstoffen der westlichen chemischen Industrie besänftigte ihn sofort. »Boah, ja, Aprikosenbrotbaum, riecht man.« Es klang regelrecht genüsslich.

Er holte zwei Hunderter aus dem Portemonnaie. Pit wollte sich beschweren, aber sein Chef senkte vorsorglich lauernd die Augenlider und knurrte: »Mengenrabatt, ist ja wohl klar.«

Melanie Stöver eierte auf ihren Plateausohlen auf sie zu. »Da kommt ja das schwarze Gold«, flötete sie. »Auf den Jungen ist Verlass, hab ich immer gesagt. Mein Männe sagt zwar immer, du wärst so doof wie ein Wollpulli, aber ich wusste gleich, dass du was drauf hast.«

»Grillt ihr denn schon wieder?«, fragte Pit.

»Quatsch. Sechs Säcke davon kauft der Leihkoch.« Stöver tippte auf seinem Handy herum und murmelte dabei »Kohle ... ist ... hier ... bring ... Geld ... mit.«

Pit ahnte in diesem Moment, dass er in der Verwertungskette das schlechteste Geschäft machte.

* * *

Zwei Tage später klingelte es an Pits Wohnungstür. Er guckte gerade eine Sendung über Sibirien.

Ein Blick durch den Türspion präsentierte ihm das gerötete Gesicht seines Chefs. Wo war das glückliche Grinsen? Warum hatte er die Hände hinter dem Rücken? Eine Rohrzange? Eine Wumme?

Langsam öffnete er die Tür einen Spalt, aber im selben Augenblick wurde sie kraftvoll aufgestoßen, sodass die Klinke gegen die Garderobe knallte.

Stöver stapfte schnaufend ins Wohnzimmer. »Wir haben ein Problem«, raunzte er. »Ein Riesenproblem!«

Pits Blick fiel auf den Fernsehbildschirm. Sibirien war schön weit weg. Da würde ihn keiner finden.

»Der Leihkoch war gestern bei Koopmann.«

»Bei *dem* Koopmann?«

Stöver nickte. »Riesen-Gartenparty, mit Koks, Nutten, Lebendbüffet und allem.«

»Da hat der gerillt? Mit meiner Kohle?« Pits Nackenhaare sträubten sich. Henk Koopmann war die berühmteste Unterweltgröße des ganzen Landkreises. Kein krummes Ding, wo Koopmann nicht seine Finger drin hatte, kein Geschäft, an dem Koopmann nicht mitverdiente.

»Dein Malaysiazeug schlägt ein wie eine Bombe. Die Leute stehen total auf den Geschmack!« Stöver starrte ihn an. Ein Äderchen platzte. Noch eins. »Koopmann will vierzig Sack. Sofort.«

Pits Magen implodierte, und sein Puls verdreifachte ansatzlos die Schlagzahl. »Nee, geht nicht, Chef, ehrlich.«

Stöver packte ihn wütend am Kragen und schüttelte ihn. »Vierzig Sack von deinen Briketts, du Quarkschädel, sonst ziehen die mir die Zehennägel!«

Pit war der Meinung, dass das zur Abwechslung zwar mal was anderes war, dass sich allerding dadurch für ihn die Situation keinesfalls verbesserte.

»Aber so viel … so viel …« Er versuchte, zu überschlagen, wie viele Säcke er in der knappen Zeit zusammenkriegen konnte, aber wenn man ihm die Luft abschnürte, klappte das nie so richtig mit den Grundrechenarten.

»Dein Vetter!«, blaffte Stöver. »Gib mir die Nummer von deinem Vetter, du Quetschgeburt! Ich regele das direkt mit ihm!«

»Okay, dreißig Sack!«, stieß Pit hervor. »Dreißig kann ich besorgen.«

»He, wenn du dreißig Sack kriegst, kriegst du auch vierzig!«

»Chef, das Zeug ist voll kostbar und selten!«

»Ich weiß! Ich weiß das, verdammt! Vierzig Sack!«

»Okay«, röchelte Pit. »Vierzig! Vierzig Sack, geht klar!«

* * *

Er schaffte es tatsächlich vierzig Säcke zu befüllen. Das waren sieben komplette Eisenbahnschwellen. Knorke und sein Bruder Katsche halfen mit. Der Stundenlohn war erbärmlich. Knorke tröstete sich damit, dass ihm wenigstens schon vor Jahren irgendein Blödmann die Entsorgung teuer bezahlt hatte.

Als sie fertig waren, lagen nur noch drei Schwellen zwischen den Brennesseln auf Knorkes Grundstück.

Knorke hob ein paar Brocken vom Boden auf, die beim Einsacken danebengefallen waren. »Ich glaube, ich probier das Zeug auch mal aus«, sagte er nachdenklich.

Pit legte ihm hastig die Hand auf den Arm. »Bloß nicht!«

Als er wenig später mit Katsches großem Hänger in der Abenddämmerung bei Stöver vorfuhr, war er buchstäblich am Ende seiner Kräfte. Stöver leuchtete ihm mit der Handytaschenlampe ins Gesicht. »Sag mal, wie scheiße siehst du denn aus? Wenn ich dich angucke, feiert ja mein Frühstück Comeback.«

»Vierzig Sack, wie bestellt, Chef.«

Stöver nickte ernst. »Da wird Koopmann zufrieden sein.«

Pit seufzte ergeben.

Er glaubte zwar nicht, dass er es schaffen würde, die Säcke abzuladen, aber er legte trotzdem los. Stöver und seine Frau sahen ihm dabei zu. Stöver trank ein Bier, seine Melanie feilte sich die Nägel.

Irgendwo in der Nachbarschaft wurde gegrillt.

* * *

Pit stieg in den Zug. Er würde einen Zwischenstopp in München machen, danach über die Alpen nach Italien abhauen. Dort würde er dann eine Weile für die Weiterreise arbeiten. Vielleicht aufs Schiff nach Afrika, vielleicht in den Flieger nach Australien … Hauptsache weg.

Bis zuletzt starrte er immer wieder nervös hinaus auf den Bahnsteig. Bei Stöver musste man mit allem rechnen. Und schließlich fuhr der Zug an, und wenige Minuten später gab Pit sich ganz dem sanften Ruckeln und dem gedämpften Rattern des Fahrwerks hin, das über die Schienen rollte. In seinem Portemonnaie steckten ein Fünfziger und ein bisschen Münzgeld. Katsche hatte ihm nicht gerade einen Freundschaftspreis beim Anhänger gemacht. Hundertfünfzig für zwei Stunden – fair war anders.

Er spürte, wie die Erschöpfung der vergangenen Tage die Oberhand gewann, und langsam sanken seine Augenlider nach unten.

Es dauerte nicht lange, bis eine Lautsprecherstimme einen kurzen Halt im nächsten Ort ankündigte und das Rattern langsam verebbte. Mit einem Ruck kam der Zug zum Stehen, und als Pit die Augen öffnete, sah er als Erstes ein erhitztes Gesicht ganz nah vor sich. Ein Äderchen platzte in einem der Augäpfel. Da, noch eins. Und noch eins.

»Das hast du dir so gedacht, du Sacknase!« Stöver zückte ein Messer. Keiner der anderen Fahrgäste schien das zu bemerken. »Mit welchem Ohr telefonierst du?«

Pit musste einen Moment lang überlegen und deutete dann zaghaft auf sein linkes.

»Okay«, knurrte Stöver. »Dann schneide ich dir zuerst mal das rechte ab. Und wenn du dann brav tust, was ich sage, lasse ich dein Telefonierohr vielleicht dran!«

»Und was wäre das?«, wisperte Pit angstvoll.

»Du steigst mit mir aus und besorgst fünfzig Sack von deiner verdammten Malaysia-Aprikosenbrotbaum-Kohlen-Scheiße! Der Polizeichef feiert sein vierzigjähriges Dienstjubiläum und macht nächstes Wochenende ein bombastisches Barbecue für dreihundert Leute. Und er hat angeordnet, dass nichts anderes in den Grill darf als deine verdammte Malaysia-Aprikosenbrotbaum-Kohlen-Scheiße! Und jetzt rate mal, was nirgendwo – aber auch wirklich nirgendwo, sage ich dir! – zu kriegen ist?«

»Meine verdammte Malaysia-Aprikosenbrotbaum-Kohlen-Scheiße?«

Statt einer Antwort platzte in Stövers linkem Auge eine besonders große Ader.

* * *

Es war nicht wie bei Suppe, die man mit Wasser verdreifachen konnte, oder wie mit dem Kokain, das man mit Speisestärke streckte. Drei Eisenbahnschwellen blieben drei Eisenbahnschwellen, so lange Pit und Knorke auch davor standen und sie anstarrten. Es blieben ihnen vier Tage, und es gab einfach keine Lösung. Pit war demnächst definitiv seine beiden Ohren los. Stöver hatte erst mal nur eins ein bisschen angeritzt, um seiner Drohung Nachdruck zu verleihen.

Sie tranken billiges Zeug. Pit hatte dem Mann im Kiosk den Fünfziger hingelegt und das Billigste und Härteste verlangt, was dafür zu kriegen war. Zwei Flaschen hatten sie schon geleert. Sie sahen schon alles doppelt, da waren es schon mal sechs Schwellen. Reichte aber immer noch nicht.

Es hämmerte in Pits Kopf, es pochte, es ratterte in einem finsteren Rhythmus. Und es war ihm, als säße er in einem Zug und würde über die Eisenbahnschwellen hinwegrollen.

»Du, Knorke«, murmelte er plötzlich. »Hast du auch große Schraubenschlüssel?«

»Dreizehner, Sechzehner, sowas?«

»Größer, viel größer.« Er wandte sich zu seinem Freund und riss dramatisch die Augen auf. »Viel, viel, viel größer!«

* * *

Es war ein Glück gewesen, dass auf der Bahnstrecke keine Nachtzüge fuhren. Geschlagene vier Stunden hatten sie gebraucht, um sechs Schwellen aus dem Gleisbett zu holen. Und dann hatten sie rund um die Uhr geflext, was das Zeug hielt. Nur sechs Stück, gerade so viel wie sie benötigten. Mit neun zerkleinerten Schwellen konnte der Polizeichef am Wochenende seine Gäste begrillen, bis ihnen die Spare-Ribs und Kalbskarrees und der leckere Linsensalat an den Ohren rauskamen.

Als Pit schließlich am Wochenende an Stövers Haus vorfuhr, wollte der Radiomoderator gerade schon wieder mit dem Bahnunglück loslegen. Seit Tagen gab es kein anderes Thema. Sobald die Sprache darauf kam, wechselte Pit den Sender. Das musste er oft sechs Mal in der halben Stunde tun. Den Fernseher schaltete er immer gleich ab, wenn die Bilder von der geschrotteten Lokomotive kamen. Ein Güterzug mit elf Waggons war aus den Schienen gesprungen, gleich da am Bahnübergang, wo Pit und Knorke gearbeitet hatten. Der Lokführer war unverletzt geblieben, so hatte Pit mitgekriegt. Immerhin.

Was war das bloß für eine scheiß Eisenbahnstrecke, wenn gleich die Katastrophe ausbrach, nur weil gerade mal sechs von zigtausend Eisenbahnschwellen weg waren?

Pit stieg aus und trottete auf Stövers Haus zu. Während der letzten Tage hatte er beim Flexen unentwegt darüber nachgedacht, dass das jetzt immer so weitergehen würde. Stöver hatte ihn für immer und ewig am Arsch. Er würde immer mehr haben wollen, selbst wenn es demnächst wieder tonnenweise Grillkohle geben würde.

Als er den Klingelknopf gedrückt hatte und wartete, wandte er sich noch einmal um und sah zum Auto hinüber und zu Katsches Anhänger, der vor Säcken überquoll.

Und wenn er Stöver jetzt einfach die Wahrheit sagte? Wenn er ihm sagte, dass in seinem Grill Fungi-, Herbi- und was noch für -zide vor sich hinschmurgelten, dass seine Dry Aged Steaks geteert und imprägniert waren, wenn der Pesthauch erst mal durch sie durchgezogen war. Dass er mit seinen Kalbskarrees die Garagenzufahrt asphaltieren konnte. Er würde sterben, aber dann wäre es wenigstens vorbei.

Hinter ihm öffnete sich die Tür, und er nahm all seinen Mut zusammen. Mit einem Ruck drehte er sich um. »Also es ist so …«

Aber vor ihm stand nicht sein Chef. Pit blickte stattdessen in das verheulte Gesicht von Melanie Stöver. Ihre Haare waren strähnig, ihre Haut fleckig. Ihre Wimperntusche war alles andere als wasserfest. Melanie Stövers Gesicht sah aus wie ein Kleckstest beim Psychiater.

»Was willst du Flachzange denn noch?«, schniefte sie.

Er deutete zaghaft zu dem Hänger hinüber. »Na ja, ich hätte da die Kohle für den Chef«, sagte er unsicher.

Melanies Kiefer klappte runter, und ihre Unterlippe zitterte. »Ich fasse es nicht. Ich fasse es einfach nicht! Die Kohle für den Chef?« Sie atmete schwer, und dann schossen ihr die Tränen in die Augen, und sie schrie: »Der Chef braucht keine Kohle mehr! Nie wieder!«

Erst jetzt registrierte er, dass sie einen schwarzen Hosenanzug trug. »Dem Chef ist vor vier Tagen an der Bahnschranke mit Karacho eine fette Lokomotive auf den Lamborghini gekippt!«

Nerven blank

Mal ganz unter uns, von Amts wegen darf ich das eigentlich nicht weitererzählen, aber ich weiß ja, dass das bei Ihnen gut aufgehoben ist. Sie sind ja auch nicht von hier, da besteht keine Gefahr, dass das den falschen Leuten zu Ohren kommt. Gut, ich bin auch kein gebürtiger Ostfriese, aber das gütige Schicksal hat mich vor etwa anderthalb Jahrzehnten hierhin geführt, da war ich … warten Sie mal … 35. Ja, 35 muss ich da gewesen sein. Zuerst Studium der Rechtswissenschaften in Göttingen, dann zweite juristische Staatsprüfung in Hannover, da bin ich dann ein paar Jahre geblieben, tja, und dann wurde diese Stelle frei. Richter am Amtsgericht Aurich, erste Zivilkammer. Klingt gemütlich, oder? Unter uns: ist es eigentlich auch. Klar, da gibt es immer auch mal Stress, aber im Großen und Ganzen muss schon viel passieren, bis bei uns mal die Nerven blankliegen.

Nerven blank … ja genau, das wollte ich Ihnen doch erzählen: Schon mal was von Temmo und Wilko Joken gehört? Den Zwillingen vom *Jokenhof*? Nein? Ja, um die geht es. Ist auch ganz gut so, dass Sie die nicht kennen. Wie gesagt, eigentlich dürfte ich darüber nicht … egal. Temmo und Wilko sind Zwillinge, 78 Jahre, ziemlich verschroben. Die kennt hier in und um Aurich herum jeder. Das sind so zwei schwer vermittelbare Junggesellen. Sehr eigen, sehr speziell. Meine Frau rümpft immer die Nase, wenn ich abends zu Hause erzähle, dass die zwei Mal wieder bei uns zu einer Verhandlung angetanzt sind.

Wie? Oh ja, das passiert dauernd. Irgendwas haben die immer. Grundstücksgeschichten, Beleidigungen, üble Nachrede, solche Sachen eben.

Ich habe da mittlerweile richtig Vergnügen dran. Meine Frau, wie gesagt, die kann daran nix Komisches finden, aber die kommt ohnehin nicht so gut mit der hiesigen Bevölkerung klar. Manchmal glaube ich, dass sie am liebsten in Hannover geblieben wäre. Na ja, da kann ich ihr leider nicht helfen.

Jetzt sitzt sie mir gegenüber, während ich gemütlich frühstücke und in der *Ostfriesenzeitung* blättere. Sie tippt auf ihrem Handy rum und organisiert ihren Tagesablauf. Fitnessstudio, Fingernägel, Friseur – die drei Fs. Ich komme nicht von ungefähr gerade jetzt auf Temmo und Wilko, denn mit der fetten Schlagzeile in unserer Tageszeitung haben genau diese beiden alten Zausel zu tun.

»Liebling«, sage ich und schlürfe am Kaffee.

Sie guckt gar nicht auf und fragt nur: »Hm?«

»Erinnerst du dich, dass ich erst letzte Woche gesagt habe, dass Temmo und Wilko schon lange nicht mehr vor Gericht waren?«

»Hör mir auf mit denen«, murmelt sie mit zusammengekniffenen Augen. »Weiß gar nicht, was du an den Blödmännern so ulkig findest.«

Ja, was finde ich an denen eigentlich so ulkig?

Als ich vor 15 Jahren hierherkam, hatten sie gerade diesen erbitterten Erbstreit. Ihre Mutter, die alte Johanne Joken, hatte gerade mit knapp 90 das Zeitliche gesegnet. War mit dem Trecker im Berumfehner Moor von der Straße abgekommen und in einen Schloot gekippt. Die Brüder warfen sich damals gegenseitig vor, nicht auf die schon reichlich demente Mutter aufgepasst zu haben. Und nachdem die Beerdigung mit allem Drum und Dran erledigt war, ging der Streit um das Erbe los.

Nur einen Steinwurf vom alten Hof zwischen Eversmeer und Neuschoo hatten die Jokens in den 90ern einen Neubau hingesetzt. Das hatte damals schon für verschiedene juristische Auseinandersetzungen gesorgt. Der Vater, der alte Lübbo, war wohl auch schon so ein Kaliber. Nachdem jetzt die Eltern tot waren, stand eigentlich fest, dass Temmo den alten Hof und Wilko den Neubau bewohnen sollte. Nach dem Streit um den Tod der Mutter war aber Temmo damit nicht mehr einverstanden, und dann wurde Wilko, der sich bereits im neuen Gebäude eingerichtet hatte, da wieder rausgeklagt. Zwei Jahre lang ging das dann vor Gericht hin und her, die Anwälte haben eine Menge Geld verdient, und dann musste Temmo wieder aus dem Neubau zurück auf den alten Hof. Und wenn Sie jetzt denken, dass es das damit gewesen wäre, liegen Sie falsch. Drei Mal ging das hin und her! Und jetzt wohnt Wilko also im elterlichen Hof, und Temmo sitzt im Neubau. Oder doch andersrum? Ist ja auch egal. Das wäre also wohl endgültig geregelt, könnte man meinen, aber danach ging der Kleinkrieg erst richtig los.

Der Wilko stellt jedes Jahr im Sommer so eine hässliche zerlumpte Vogelscheuche in den großen Kirschbaum. Dass der das Gesicht von seinem Bruder hier im Copyshop hat groß ausdrucken lassen und der Vogelscheuche als Gesicht aufgeklebt hat, hätte auch nach hinten losgehen können, denn immerhin waren sie ja Zwillinge. Aber sein Bruder hat so eine Narbe auf der linken Wange, weil er als Kind mal kalte Ravioli direkt aus der Dose gegessen hat, ohne Besteck, nur mit dem Mund. Die Narbe hat Wilko auf der Vogelscheuche mit Edding ganz fett in Rot markiert.

Dann kam die Sache mit dem *Spüli*. Die Kühe vom Wilko hatten plötzlich alle Schaum vorm Mund, nachdem sie auf dem Feld aus der Wassertränke gesoffen haben. Und sie haben gut aus dem Hals gerochen.

Gar nicht gut aus dem Hals gerochen hat dagegen der Temmo, als sie ihn zwei Monate später verhaftet haben, weil er in der Nacht zuvor angeblich stockbesoffen acht Hühner seines Bruders mit dem Luftgewehr abgeknallt hat. Darunter war auch der Zuchthahn Scooter, mit dem Wilko 2004, 2005 und 2006 den Ersten Platz bei der *Rassegeflügelschau* in Aurich gemacht hat.

Dafür hat der Wilko ihm ein paar Wochen später die Hälfte seiner Schafherde mit Bitumen geteert.

Das waren alles so hinterhältige Sachen. Irgendwie ist keiner von denen jemals verurteilt worden, denn entweder war die Beweislage zu dünn, oder die Anwälte haben die immer wieder rausgepaukt. Ich glaube, die haben fast ihr ganzes Vermögen vor Gericht verbraten.

»Erinnerst du dich noch an die kleine Hütte?«, frage ich meine Frau, die sich immer noch sehr intensiv ihren drei Fs widmet. Sie blickt kurz von ihrem Handy auf und runzelt die Stirn. »Hütte?«

»Ja, die kleine Hütte, die genau auf der Grenze zwischen den Grundstücken vom alten und vom neuen *Jokenhof* steht. Das hat bei den beiden damals das Fass zum Überlaufen gebracht!«

Sie schnaubt verächtlich. »Lass mich doch mit den zwei Idioten in Ruhe.«

Ja, die zwei Idioten … Bei der Hütte haben sie endgültig bewiesen, dass sie das sind.

Das ist so eine winzige Bruchbude auf einem kleinen dreieckigen Stückchen Brachland an einer Stelle, wo die jeweiligen Grundstücke der Brüder aneinandergrenzen. Da hatte der alte Joken einen Bollerofen drin gehabt und ein paar Schnapsflaschen, und wenn es anfing zu regnen, dann kroch der da schon mal unter, um trocken zu bleiben. Manchmal auch bei schönem Wetter, wenn er Krach mit seiner Johanne hatte.

Um diesen Kotten hatte sich jahrzehntelang keiner gekümmert, bis der Temmo auf einmal beschloss, der gehöre zu seinem Anwesen, und den als kleine rustikale Ferienunterkunft an die Touristen vermieten wollte. Da hat Wilko ihn ganz fix rausgeklagt, weil er nämlich der Meinung war, dass die Hütte zu seinem Anwesen gehört. Und dann hat er die Idee seines Bruders fortgeführt. Aus Temmos *Huuske* wurde da ruck-zuck Wilkos *Huuske*.

Das geht natürlich nicht so einfach, denn streng genommen hat es für das Ding nie eine Baugenehmigung gegeben. Und dann gibt es ja auch noch Beherbergungsgesetze und Hygienevorschriften … Ich will Sie nicht mit juristischen Interna langweilen. Jedenfalls gab es nicht weniger als 17 Klagen wegen dieser Bretterbude. Der Wilko wollte sie abreißen und ein Windrad da hinbauen, dann hat der Temmo den Denkmalschutz eingeschaltet … völliger Quatsch natürlich, aber das dauert, dauert und dauert. Ich bin irgendwann da rausgefahren und habe mir das Ding mal aus der Nähe angeguckt. Sieht ziemlich heruntergekommen aus. Bett, Tisch, zwei Stühle … Alles stockfleckig und staubig. Wie man darum so einen Wind machen kann, ist mir wirklich schleierhaft.

Und dann kam plötzlich irgend so ein Lokalhistoriker mit einer alten Karte, und der konnte beweisen, dass das kleine dreieckige Grundstück in Wirklichkeit der Stadt Aurich gehört, und dass die Brüder schon wieder mal ein paar Jahre völlig umsonst prozessiert hatten.

Da eskalierte dann alles, da lagen die Nerven endgültig blank.

Platte Reifen an Wilkos Geländewagen, Temmos Todesanzeige im *Wochenblatt*. *Glyphosat* in Wilkos Gemüsegarten, kaputte Scheiben an Temmos Gewächshaus. Wenn die all die Energie, die sie an ihre jeweiligen Rachefeldzüge verschwendet haben, in ehrliche Arbeit investiert hätten …

Irgendwann hielt *Aurich TV* es für eine gute Idee, den Zwist mal im Fernsehen aufzuarbeiten, und dann konnte eines Abends die Bevölkerung diese beiden Hornochsen in all ihrer Pracht und Herrlichkeit auf dem heimischen Bildschirm bestaunen.

»Wenn der Temmo noch einmal seinen Fuß in diese Hütte setzt«, schnaubte der Wilko mit blutunterlaufenen Augen, »dann knall ich den ab!« Ich schwöre es, das hat der wirklich vor laufenden Kameras von sich gegeben.

Und der Temmo, der hat sogar noch seine Flinte präsentiert. »Hier, guckt genau hin! Mit dem Schießprügel baller ich dem Wilko ein Loch in die Birne, wenn der sich noch mal der Hütte nähert!«

Das kann man sich alles nicht ausdenken.

Ich selbst hab die zwei mindestens acht oder neun Mal bei mir im Gerichtssaal gehabt. Eine Kollegin sogar elf Mal!

Und wozu das alles? Für nichts und wieder nichts!

Obwohl …

Mein Blick wandert noch einmal über den Zeitungsartikel mit der fetten Schlagzeile. Jetzt ist wohl bei einem von den beiden endgültig die Sicherung durchgebrannt. Oder bei beiden. Man weiß es nicht so genau.

MÄNNLICHE LEICHE IN DER HÜTTE AM JOKENHOF

Weder Temmo noch Wilko, so viel scheint schon mal festzustehen. Ein junger Mann, der sich da besser nicht reingetraut hätte. Kann keiner von hier gewesen sein, sonst hätte er einen weiten Bogen um die Bude gemacht.

Womöglich sind beide gleichzeitig mit der Flinte auf ihn losgegangen, haben von beiden angrenzenden Grundstücken auf ihn geschossen.

Ich schiebe meiner Frau die Zeitung hin. Vielleicht interessiert sie ja die Schlagzeile, obwohl sie sich eigentlich nie für die zwei Prozesshanseln interessiert hat. Aber sie guckt gar nicht auf. Seit gestern Abend ist sie sehr mit ihrem Handy beschäftigt. Wen immer sie da auch erreichen will, reagiert nicht. Frantek heißt er, so habe ich im Laufe der Zeit herausgefunden, wenn ich mir ab und an mal heimlich ihren Chatverlauf angeguckt habe. Ist Pole, wohnt in Oldenburg und macht Musik in einer Band. Sie hat ihn wohl auf einem Festival in Manslagt kennengelernt. Frantek, ha! Sind ja sogar vier F, die meine Frau so auf Trab halten!

Tja, sie hätten sich wohl besser weiter in Oldenburg getroffen, obwohl das natürlich sehr umständlich ist. Warum kommt der auch auf einmal hierher, nach Aurich?

Unter anderen Umständen wäre der Kotten der Jokens ein ganz hübsches Liebesnest, und deshalb hab ich den Polen gestern Abend mit einer SMS von ihrem Handy für 22 Uhr dahin bestellt. Und die Nachricht gleich wieder gelöscht, klar. Eine Kerze sollte er ins Fenster stellen. Tja, ist meine romantische Ader.

Ich bin gespannt, ob einer von den Zwillingen dafür ins Kittchen wandert. Wäre schon irgendwie schade, oder? Wenn der ganze Zank jetzt so plötzlich beendet sein soll …

Nun ja, da sieht man mal wieder: Kein Ding ist so schlecht, dass es nicht doch für irgendwas gut wäre. Keine Angst, ich verschone Sie jetzt mit meinen Binsenweisheiten. Ich bin jedenfalls froh, dass Sie das alles für sich behalten. Aber Sie verstehen doch, dass ich das einfach irgendjemandem mal erzählen musste, oder?

Silke, Brigitte und Melanie

Im Morgendunst sieht alles irgendwie verwaschen aus. Es ist wirklich verdammt früh.

»Ich hätte gar nicht ins Bett zu gehen brauchen«, mault Eumel und unterdrückt ein Gähnen.

Panofsky reibt sich das stoppelige Kinn. »Kaffee wär jetzt gut.«

Nur Heiko schweigt. Er ist voll konzentriert. Sein Zeigefinger dreht an dem Rädchen des Fernglases, durch das er ununterbrochen den Blick über die Uferpromenade gleiten lässt.

Gleich werden sie auftauchen. Sie kommen immer von Norden, daher, wo die Leine eine abrupte Biegung vollzieht. Eine Straßenbahn hält auf der Goethebrücke und sammelt ein paar besonders frühe Fahrgäste auf. Sonst kein Mensch unterwegs.

»Warum laufen die denn um diese Uhrzeit?« Eumel zieht die Nase hoch. Mit seinem Armstumpf, der aus dem verwaschenen T-Shirt herausguckt und seiner klobigen Kassenbrille sieht er erbärmlich aus. Überhaupt machen alle drei einen insgesamt kläglichen Eindruck. Panofsky trägt einen mehrfach geflickten Bundeswehr-Parka und ausgeleierte Sandalen. Wegen seines eingewachsenen Zehennagels, wie er nicht müde wird zu betonen.

Heiko sieht noch am normalsten aus. Sauber gescheiteltes Haar und zart gemusterter Pullunder. Er achtet auf sein Äußeres. Dafür ist er dürr wie ein Grillspieß.

»Genau!« Panofsky lässt die Fingergelenke knacken. »Um die Zeit! Ist ja noch fast dunkel.«

»Seid froh. Dann kriegt auch keiner mit, dass wir sie einkassieren.« Heiko presst die Worte aus dem Mundwinkel.

Panofsky tritt gelangweilt nach einem Steinchen und zieht dann scharf die Luft ein. »Mist, mein eingewachsener Zehennagel …«

»Trotzdem komisch. So früh joggt doch keiner«, knurrt Eumel.

»Oh doch«, zischt Heiko. An seinem dürren Hals treten jetzt plötzlich vor Anspannung die Sehnen hervor. »Die da wohl!«

»Sind sie das?«, fragt Eumel aufgeregt. »Sind das die drei?«

»Das sind sie«

»Oh, Scheiße«, haucht Panofsky. »Verstehe. Deshalb so früh.«

Aus der Entfernung können sie das ganze Ausmaß dessen, was sich da schnaufend und trampelnd nähert, nur erahnen. Sie sehen grellbunte Sportkleidung, zum Zerreißen über unglaublich voluminöse Körper gespannt. Neonfarbene Stirnbänder, Leggings in allen Farben des Regenbogens, XXXL-T-Shirts unter denen monströse Brüste im Takt der Laufbewegungen hin und her wogen. Drei erhitzte, pausbäckige Mondgesichter, Schweiß auf allen unbedeckten Hautpartien in Tropfenform und auf den Textilien als sich stetig ausbreitende Flecken. Jeder der drei Körper wiegt mindestens zwei Zentner.

Eumel und Panofsky haben die Münder in ungläubigem Erstaunen weit geöffnet. Sie glauben, spüren zu können, dass die Erde bebt.

Heiko lässt das Fernglas sinken und öffnet die Heckklappen des Kombis. Der Anblick dieser drei Frauen kann ihn nicht mehr schocken. Er hat jetzt mehrere Tage lang ihr Ritual beobachtet. Sie tauchen in aller Frühe aus dem unübersichtlichen Straßengewirr der Kreuzung von Goethestraße, Brühlstraße und Leibnizufer auf, trampeln wie eine Horde nordamerikanischer Büffel die Uferanlage entlang, passieren die Schlossbrücke und die großen, formlosen, komisch bunt angemalten Kunstwerke und halten dann unter den Bäumen kurz vor dem Parkplatz an. Jeden Morgen. Die Stelle liegt mitten in der Innenstadt von Hannover, aber trotzdem ist sie ideal. Hier sind sie alle drei beisammen.

Der entscheidende Moment ist gekommen. Die drei Walküren stellen sich im Dreieck auf und beginnen, ihre Gelenke zu lockern. Sie machen absurde Versuche, mit den Fingern ihre Zehenspitzen oder ersatzweise die Knie oder wenigstens die Kuppeln ihrer gewaltigen Bäuche zu erreichen. Sie hüpfen auf und ab und klappen dabei die Beine scherenartig auf und zu. Die bratpfannengroßen Hände klatschen sie über den Köpfen zusammen.

»Oh Mannomann«, murmelt Panofsky.

»So was hab ich noch nie gesehen«, haucht Eumel heiser und rückt sich die eckige Brille zurecht.

»Kommt Jungs, wir haben nur ein paar Minuten«, sagt Heiko mit ruhiger Stimme. »Alle auf Position, bevor sie weiterlaufen.«

Er holt das Gewehr aus dem Wagen. Panofsky nimmt die Gurte und Karabinerhaken aus dem Fußraum, und Eumel schwingt sich hinters Steuer und umfasst das Lenkrad mit seiner einzigen Hand. Gut, dass es eine Automatik-Karre ist. Der Transporter einer Estrichfirma aus Bückeburg, den Heiko auf einer Raststätte bei Bad

Nenndorf leergeräumt hat. Am Vorabend geklaut. Bisschen verdreckt, aber geräumig.

Es kann losgehen!

Es muss jetzt sogar losgehen, denn eine zweite Chance gibt es nicht.

Heiko kriegt eine SMS: »Klappt alles?«

Strasser wartet. Und Strasser wartet nicht gerne. Dann wird er schnell pampig.

Heiko tippt: »Geht los!«

Mit Strasser ist er immer gut zurechtgekommen, schon seit Jahren. Er klaut alles, was Strasser von ihm verlangt. Eine Dampfwalze in Bremen, ein Turnierpferd in Warendorf, eine Kirchenglocke in irgendeinem bayrischen Kaff … Einmal sogar die Hollywoodschaukel aus dem Garten von Florian Silbereisen.

Strasser hat für alles Abnehmer.

In Hannover hat er vor ein paar Jahren auch schon mal was für Strasser geklaut: Den Bahlsen-Keks. Das war so eine Benefiz-Kiste für den Tierschutz und Kinderheime gewesen. Da hatte Strasser anscheinend wegen seiner Krebserkrankung einen schwachen Moment gehabt. Sonst ist er knallhart.

So wie bei diesem Job. Vor anderthalb Wochen hat ihn Strasser angerufen und mit einem neuen Auftrag versorgt.

Drei dicke, knallbunte Weiber, die am Leineufer Sport machen. Er hat auch Namen genannt: Sophie, Caroline und Charlotte. Den Nachnamen hat er nicht verstanden. Irgendwas mit Na…

Über seine Auftraggeber spricht Strasser nie. Dieses Mal hat er sich aber ein bisschen verplappert. Nach

Dubai sollen sie gehen. Strasser hat was von einem Scheich gefaselt, der die Drei unbedingt haben will. Ob das Schwestern sind?

»Wer bestellt denn drei fette Weiber?«, fragt Eumel vom Fahrersitz, während Heiko einen Pfeil einlegt.

»Scheich«, knurrt Heiko und zielt jetzt auf die drei Frauen.

Sein Finger krümmt sich langsam am Abzug.

Das Gewehr samt Pfeilen hat er von seinem Schwager Ingolf, dem Zoowärter. In den Pfeilen ist die Hellabrunner Mischung drin, Xylazin und Ketamin. 0,5 Milliliter pro 10 Kilo Körpermasse. Heiko hat ein bisschen Sorge, dass es nicht reichen könnte. Das Gewicht der drei Wuchtbrummen ist schwer zu schätzen.

»Scheich, soso«, sagt Panowsky und kaut auf der Unterlippe. »Die stehen da unten ja auf solche Geräte, weiß man ja. Was so ein Scheich wohl zahlt?«

»Egal«, raunt Heiko. Mit Strasser sind Neuntausend abgesprochen. Drei für jede Frau. Die Jungs kriegen jeder Einsfünf. »Klappe jetzt!«

Er schießt.

Der Pfeil landet in der linken Hüfte der Brünetten.

»Sauber«, sagt Eumel.

»Konnte er ja wohl kaum verfehlen«, meint Panofsky trocken.

Es geht ziemlich schnell. Während die fette Frau auf die Knie geht, lädt Heiko nach. Zack, jetzt in die rechte Brust der Blonden.

Die Schwarzhaarige kapiert jetzt, dass hier was gewaltig schiefläuft und fängt an zu quieken. Zack, der dritte Pfeil.

Sie purzeln übereinander wie riesige Gummitiere.

Eumel haut den Rückwärtsgang ein, Panofsky und Heiko halten sich fest, als der Wagen mit Karacho zu der Stelle rast, an der die Drei liegen. Die knallbunte, formlose Masse könnte auch eine große, schlappe Hüpfburg sein.

Der Wagen steht so, dass er halbwegs das verdeckt, was jetzt geschieht. Heiko und Panofsky springen raus.

Panofsky stöhnt auf. »Mein eingewachsener Zehennagel!«

Eumel guckt sich intensiv um. Auf der Goethebrücke sind welche, aber die nehmen keine Notiz von ihnen. Auf der Brühlstraße rollen jetzt ein paar Autos vorbei. Sie müssen sich beeilen.

Welche zuerst? Die sehen alle gleich schwer aus. Zu dritt packen sie bei der Schwarzhaarigen zu. Das ist nicht zu schaffen.

Eumel flucht. »Ich mit meinem einen Arm!«

»Scheiße, mein eingewachsener …« setzt Panofsky an.

»Fresse!«, schnauzt Heiko. Er ist sauer, dass er das mit diesen zwei Krücken durchziehen muss. Manni ist im Urlaub, Haubitze im Knast, Ulf und Madagaskar liegen im Krankenhaus, Kojak ist vor zwei Wochen gestorben, Maoam ist untergetaucht, weil die Ukrainer hinter ihm her sind.

Sie quälen sich und schwitzen und keuchen, sie probieren zu ziehen, zu drücken und zu rollen.

»Warum hast du nicht nen Kranwagen geklaut?«, greint Eumel.

»Will der Scheich die unbedingt am Stück haben?«, presst Panofsky hervor.

Schließlich entwickeln sie ein System. Zuerst ein Bein auf die Ladefläche legen, dann das zweite daneben. Dann packen Heiko und Panofsky von oben die Handgelenke und ziehen, Eumel kriecht drunter und drückt mit dem Rücken nach. »Jetzt bloß nicht loslassen«, wimmert er von irgendwo unter der Fleischmasse.

Heiko hat Sorgen, dass sie was beschädigen. Blaue Flecken, Schürfwunden … das gibt unter Umständen Abzug.

Die Schwarzhaarige ist endlich drin.

So machen sie es jetzt auch bei den anderen!

Als nächstes ist die Blonde dran. Ihr Unterarm hat ungefähr den Umfang von Heikos Bauch.

Jetzt sind sie schon geübter. Es klappt fast auf Anhieb.

Die Brünette schaffen sie mit der allerletzten Kraftreserve.

Dann nur noch festzurren und an den Halteösen im Wagen fixieren.

Als schließlich die Heckklappen zudonnern, lehnen sie sich einen Moment lang keuchend gegen das Blech.

Eumel weint. Panofsky sagt: »Ich spüre meinen eingewachsenen Zehennagel nicht mehr.«

Niemand in der um sie herum erwachenden Stadt scheint bemerkt zu haben, was sich hier gerade abgespielt hat.

Eumel startet den Wagen. Sie haben geknobelt. Panofsky muss hinten drin bei den Frauen bleiben.

Angstvoll presst er sein Gesicht gegen das Sichtfensterchen zum Führerhaus.

Heiko schickt eine SMS an Strasser: »Haben sie!«

Strasser antwortet sofort: »Alle drei?«

Heiko nickt und tippt: »Klar, was denkst du denn?«

Es folgt eine Adresse, die Heiko in die Navi-App eingibt. Gute zehn Minuten Fahrzeit. Bei den leeren Straßen vielleicht schneller.

»Da war ich schon mal«, sagt Eumel. »Das ist am Lindener Hafen.«

Strasser hält sich immer in sicherer Entfernung. Wichtig ist auch immer die Autobahnnähe.

»Dass ich mal beim Frauenhandel mitmische«, sinniert Eumel und zeigt fast ein Lächeln, als er aufs Gaspedal tritt.

Sie schaffen es in neun Minuten. Einmal begegnen sie einem Polizeiwagen, und ihr Puls erhöht sich für einen kurzen Moment.

An der Adresse, die Strasser geschickt hat, steht eine heruntergekommene Autowerkstatt. Als Eumel vorfährt, geht das Rolltor hoch.

Strasser steht da mit zwei Jungs und raucht. Er ist ein kleiner Kahlköpfiger mit Proletenschnauzbart und Ohrring. Als sie an ihm vorbei in die leere Halle fahren, guckt er um die Ecke, in die Richtung, aus der sie gekommen sind.

»Wo sind die anderen«, fragt er, als der Wagen hält und Heiko aus der Seitentür springt.

»Die anderen?«

Strasser beäugt skeptisch den Transporter. »Die anderen Wagen? Was hast du? Möbelwagen? Container?«

Heiko legt die Stirn in Falten. »Versteh ich nicht. Die sind da drin.« Er packt den Türgriff der Heckklappe.

»Da drin?«

»Klar.« Heiko grinst unsicher.

»Eh, Scheiße, du hast die doch nicht zersägt, oder was?«

»Spinnst du?« Heiko öffnet langsam die Klappen. »Alle drei sind hier drin.«

Die Türflügel schwingen auf. Ein Schwall schweißgeschwängerter Luft schlägt ihnen entgegen. Panofsky kommt zitternd rausgeklettert. »Eine ist nicht richtig betäubt«, keucht er. »Ich hatte echt Angst, dass die jetzt alle wach werden.« Im Hintergrund ist ein leises Stöhnen zu hören.

Strasser starrt auf die am Boden liegenden, dicken Frauen. Sämtliche Gesichtszüge entgleisen ihm in diesem Moment. Seine Lippen bewegen sich, aber er bringt kein Wort heraus.

»Fangfrisch, unbeschädigt, ohne irgendwelche Macken oder Knicke«, sagt Heiko stolz

»Du Idiot«, flüstert Strasser mühsam beherrscht. »Du verdammter Idiot.«

»Hä? Was?«

»Was bringst du mir da?«

»Die drei fetten Tanten vom Leineufer, die da immer rumturnen.«

Da bricht es aus dem Kahlköpfigen hervor: »Du verdammtes Riesenarschloch! Sag mal, haben sie dir ins Gehirn geschissen?« Strassers ganzer Kopf wird feuerrot. »Die Nanas! Wo sind die Nanas, du Arschpfeife? Wo verdammt nochmal sind sie?«

»Na da!« Heiko weiß nicht so richtig, was jetzt falsch läuft. Er sieht, dass die Jungs von Strasser in die Jackentaschen greifen.

»Die Nanas, du verfluchter Idiot!

»Keine Ahnung, wie die heißen. Du nuschelst ja immer so am Telefon.« Heiko wird jetzt langsam sauer. »Charlotte, Conny … irgendwie sowas.«

Panofsky zupft ihn am Pullunder und raunt: »Die Blonde hat mir gesagt, sie heißen Silke, Brigitte und Melanie.«

Eumel denkt angestrengt nach. Er macht dann immer ein Gesicht, als habe er in eine Zitrone gebissen. »Nanas? Nanas?« Zu Heiko gewandt, sagt er langsam: »Sind das nicht diese fetten, bunten Skulpturen von der französischen Künstlerin … Phallus Irgendwas?«

Und jetzt dämmert auch Heiko, was hier gerade falsch läuft.

Plötzlich wird Motorengeräusch laut, und hinter ihnen kommt eine breite, schwarze Limousine in die Halle gerollt. Hinter dem Steuer und auf dem Beifahrersitz sitzen dunkelhäutige Betongesichter mit pechschwarzen Haaren, Bärten und Sonnenbrillen. Wie im Film.

Die hinteren Scheiben sind getönt. Auf dem Nummernschild steht nur die Ziffer 5 und der Schriftzug Dubai.

»Ich dreh durch«, haucht Strasser. »Jetzt sitzen wir aber so richtig in der Scheiße. Und zwar bis zum Scheitel.«

Im weißen Kombi regen sich jetzt die ersten Körperteile. Heiko hat gleich geahnt, dass die Dosis zu gering war.

Strasser wieselt zu der Nobelkarosse, bei der jetzt eins der hinteren Fenster heruntergefahren wird. Er redet mit Händen und Füßen auf jemanden im Inneren des Wagens ein, lacht nervös, kichert albern.

Dann kommt ein Arm im weißen Stoff nach draußen geschossen. Die dunkelhäutige Hand packt Strasser beim Kragen.

Strassers Leuten gefällt das gar nicht. Sie haben augenblicklich die Pistolen gezückt. Aber da sind sie nicht die Einzigen. Auch die Araber fackeln nicht lange. Ihre Pistolen sind größer. Und sie schießen schneller. Irgendwer fängt an. Kugeln sausen durch die Luft. Strasser schreit auf und versucht, sich loszureißen. Er taumelt nach hinten, die Autotür springt auf, ein Mann im weißen Kaftan stürzt heraus. Ein schwarzer Aktenkoffer rutscht ihm dabei vom Schoß. Das Geballer geht weiter. Strassers Männer fallen einer nach dem anderen um, die Sonnenbrillentypen sacken auf ihren Sitzen hinter der zerberstenden Frontscheibe der Limousine zusammen. Ein weiterer Mann vom Rücksitz kippt tot aus dem Wagen.

Strasser zuckt noch zwei, drei Mal und bleibt dann auf dem ölfleckigen Boden liegen und macht keinen Mucks mehr.

Dann ist es still.

Heiko, Eumel und Panofsky trauen sich jetzt endlich wieder zu atmen. Sie haben sich wohlweislich aus dieser Sache rausgehalten.

»Jungejunge«, sagt Eumel mit zitternder Stimme.

Panofsky zischt zwischen den Zähnen hindurch: »Ich glaube, die haben mir in den Zeh geschossen.«

»Sonst alles okay?«, fragt Heiko.

Die Jungs nicken stumm.

Im Kombi regen sich die Frauen. Ein Bein zuckt, Hände tasten, ein Kopf wird hin und her gedreht. Offenbar haben sie nichts abgekriegt.

Ganz im Gegensatz zu den anderen. Da bewegt sich gar nichts mehr.

Langsam geht Heiko zu Strasser hin und tippt ihn mit dem Fuß an. Der ist weg vom Fenster.

Er riskiert einen Blick in die Limousine. Sieht auch alles extrem übel aus. Die schönen Sitze.

»Der Koffer«, sagt Panofsky heiser.

Ja, der Koffer.

»Was diese knubbeligen Kunstdinger wohl wert sein werden?«, murmelt Heiko.

»Hab mal was von dreieinhalb Millionen gehört«, sagt Eumel und kratzt sich am Armstumpf. Er kommt langsam näher.

Heiko hebt den Aktenkoffer vom Boden auf. Ein Zahlenschloss.

»Krieg ich auf«, sagt Panofsky.

Heiko guckt seine beiden Kumpels an und nickt. »Okay, wird Zeit, dass wir verschwinden.« Mit dem Koffer in der Hand kehrt er zum Kombi zurück. »Eumel, du fährst wieder, Panofsky, du setzt dich daneben.«

»Wohin?«

»Irgendwo, wo es nett ist. Wenn die Mädels aufwachen, soll es freundlich aussehen.«

»Seelhorster Wald soll schön sein.«

»Okay, dann Seelhorster Wald. Ich klettere hinten rein und teile die Kohle.«

»Ob da echt Millionen drin sind?«, fragt Eumel.

»Ganz egal, was drin ist. Ihr kriegt jeder Einsfünf, ich kriege das, was Strasser mir versprochen hat, klar?«

»Und der Rest?« Panofsky starrt ihn ungläubig an.

Während Heiko durch die Heckklappen in den Wagen klettert, murmelt er bedächtig vor sich hin: »Da können die sich mal schön neue Sportklamotten kaufen. Vielleicht mal was Geschmackvolles, in gedeckten Farben. Damit es da keine Verwechslungen mit diesen komischen bunten Klumpen mehr gibt. Oder die leisten sich einen Promi-Fitnesstrainer. Oder die Mega-Luxus-Schlankheitskur. Fettabsaugung ginge auch, Magenverkleinerung, all so was …«

Er guckt die drei Frauen an, die inzwischen die Augen geöffnet haben und lächelt ihnen unsicher zu. »Hallo Silke, hallo Brigitte, hallo Melanie.« Dann schließt er die Klappe hinter sich, und der Wagen fährt los.

Die Nachtwanderung

Wer trottet so spät durch die Nacht und den Wald?
Es sind Hanno und Sigrun, und den beiden ist kalt.
Sie lieben das Wandern, das finden sie schön.
Tags hat man sie oft schon im Grünen geseh'n.

Zum Hochzeitstag hat sich der Hanno gedacht:
»Zur Abwechslung wandern wir heut durch die Nacht.«
Nicht Felder, nicht Wiesen, kein Trecker mit Pflug,
mehr mystische Schatten, mehr Spannung, mehr Spuk.

Statt Spatzen der Uhu, statt Sonne der Mond.
Seine Sigrun ist so etwas gar nicht gewohnt.
Das Dunkel beklemmt sie schon seit Kindertagen.
Was Hanno beglückt, bringt ihr wenig Behagen.

Noch leuchtet der Vollmond auf Stock und auf Stein,
Doch führt sie der Weg in den Mischwald hinein.
Da huscht etwas oben im Laubdach herum.
Es raschelt und tuschelt im Strauchwerk ringsum.

Für Sigrun ist dies eine furchtbare Pein,
schon steigert sie sich in die Ängste hinein.
Sie erschrickt vor den Schatten,
die die Baumstämme werfen.
Seit Jahren schon leiden ihr Herz und die Nerven.

An der finsteren Mühle, man muss es erwähnen,
kommt das Klappern heut Nacht
eher von Sigruns Zähnen.
Zum Trost sagt ihr Hanno: »Schatz, reg dich nicht auf.«
Doch es gluckst unheimlich in des Baches Verlauf.

Es gurgelt und flüstert, es knackst im Gebüsch.
Da und dort sieht sie's huschen. Es ist fürchterlich.
So stapfen sie Meile um Meile voran,
ein eisiger Wind pfeift im nassfeuchten Tann.

Die Wolken sind finster, der Mond ist verschwunden,
es kommt Sigrun vor, als vergingen schon Stunden.
Das Licht von der Leuchte geht schlagartig aus
und kehrt nicht mehr wieder. Für Sigrun ein Graus!

Sie wimmert ganz leis', während Hanno hantiert,
und ahnt nicht, dass er all das hat präpariert.
Sein Fluchen ist falsch und wurd sorgsam geübt.
Ihn freut ihre Angst, weil er sie nicht mehr liebt.

Jetzt bückt er sich, um seinen Schuh neu zu schnüren,
dann robbt er davon, ganz leis' auf allen vieren.
»Mein Hanno, wo bist du?« Sie tastet ins Leere.
Die Furcht hüllt sie ein mit gewaltiger Schwere.

Ein qualvolles Zehren wühlt in ihrem Herzen.
Sie sucht ihre Pillen zum Lindern der Schmerzen
und holt sie mit fahriger Hand aus der Tasche.
Sie schluckt sie hinunter und trinkt aus der Flasche.

Am Morgen, als niemand geschaut und gelauscht,
hat Hanno die Pillen mit Smarties vertauscht.
Die Stiche bohr'n sich in ihr Zentrum hinein,
sie schluchzt und sie winselt, sie ist ganz allein.

Ringsum sind Geräusche: die Rufe der Eule,
das Grunzen des Wildschweins und fernes Geheule.
»Wo bist du, mein Hanno?«, ruft sie nun erneut
und ahnt nicht, wie sehr sich ihr Ehemann freut.

Zu dem Ziel führt sein Plan, jetzt wird alles beendet.
Auf der Lichtung liegt das, was er heute verwendet.
Das hat tags zuvor er im Dickicht verborgen.
Während er still frohlockt, macht sie sich schlimme Sorgen.

Er ertastet das Fell und das kalte Geweih.
Nur noch ein paar Minuten, dann ist alles vorbei!
Hüllt den Pelz um die Arme, streift den zottigen Schopf
mit dem krummen Geweih auf den lockigen Kopf.

Als die Wolken zerreißen, fällt das Mondlicht hernieder,
und ein Brüllen hallt dumpf von den Baumstämmen wider.
Weiß und hell wabert Nebel durch der Lichtung Rund.
Und ein Biest bäumt sich auf, Schwein, Hirsch, Wolf
oder Hund.

Reckt die Klauen nach oben, das Gehörn ragt ins Licht,
wirbelt Blätter auf, trampelt und geifert und zischt.
Sigruns Atem geht flach, und ihr Herz schlägt im Hals.
Das Gebrüll ist entsetzlich …
… doch mit einem Mal knallt's.

Dr. Zippel aus Ulm ist schon fast neunzig Jahr'.
Minus zwölf Dioptrien und so gut wie kein Haar.
Halali, denkt er sich, das ist bestens geraten!
Hab dem mächtigen Vieh einen Blattschuss verbraten.

Herr Hopf macht Ferien

Jetzt hatte sie Henk sicher schon ein Dutzend Mal auf die Mailbox gequatscht, aber er schickte ihr nur eine SMS: *Kann jetzt nicht. Später.* Melli hasste es, wenn er nicht zu erreichen war. Womöglich war er wieder mit irgendeiner anderen zugange. Wie hatte sie sich nur mit einem Tätowierer einlassen können? Der fummelte doch dauernd an irgendwelchen Bräuten rum. Wo die sich überall tätowieren ließen …

Ohne Kohle kam sie nicht weit. Und bis Berlin waren es noch gut zweihundert Kilometer. Schwarzfahren mit der Bahn fiel aus, das konnte sie sich nicht noch mal erlauben. Trucker auf der Raststätte anzuquatschen war ihr zu heikel. Die Typen wollten ihr immer gleich an die Wäsche. Also war Melli aufs gute alte Trampen verfallen, und das war verdammt mühselig. Dass das früher alle so gemacht hatten … Wenn's weiter so lief, würde sie erst Weihnachten in Berlin ankommen.

Sie tippte: *Dann nicht, Arsch,* und steckte das Handy wieder weg. Sie stand von der Bank auf und warf sich den kleinen Rucksack, in dem sie das Nötigste drin hatte, über die linke Schulter. Kaugummi kauend stellte sie sich am Straßenrand in Position, streckte den Arm aus und hielt den Daumen hoch.

In ihrer schwarzen Lederjacke wurde es ihr schnell heiß, aber sie behielt sie lieber an. Ihr Tank-Top war mehr als knapp. Sie wollte nicht aussehen wie eine vom Straßenstrich.

Während Wagen für Wagen vorbeirollte, dachte sie an die vergangenen drei Tage. Ihre Mutter lebte mit ihrem Neuen seit zwei Jahren in diesem verschissenen kleinen Kaff am südlichen Rand vom Harz. Wie konnte man nur freiwillig in diese Einöde ziehen? Die drei Tage waren absolut verschwendete Zeit gewesen. Sie hatte so gut es ging auf Familie gemacht, aber ihre Mutter hatte ihr am Ende gerade mal zwei Hunnis zugesteckt. Das wurde auch immer schwieriger, seit der neue Typ auf ihre Kohle aufpasste. Die zwei Scheine steckten in ihrer Jackentasche, und die durfte sie nicht anbrechen, sonst gab es in Berlin richtig Ärger. Es gab keinen mehr, von dem sie sich noch was leihen konnte. Und von Henk war sowieso keine Hilfe zu erwarten. Der Holländer verdiente gerade genug, um sich die Wohnung und sein Gras leisten zu können. Und das mit den Tattoos konnte er eigentlich auch nur so halb gut. Der Schmetterling, den er ihr über die linke Brust gestochen hatte, sah irgendwie aus wie eine Schildkröte.

Es musste sich was ändern, und zwar bald. Zum Arbeiten hatte sie keine Lust. Sie fand, das passte einfach nicht zu ihr. Aber einen reichen Sack, der einem das Leben schön machte, fand man auch in Berlin nicht an jeder Straßenecke.

Sie stand schon zwanzig Minuten da und war so in Gedanken versunken, dass sie fast nicht mitbekommen hätte, dass ein Wagen bremste. Ein paar Meter weiter kam er zum Stehen, und Melli konnte von hinten zuerst nur den Wohnanhänger sehen. Ein Wagen mit Wohnanhänger? Irgendetwas wollte sie zurückhalten, aber beim Trampen mussten die Entscheidungen in Sekundenschnelle getroffen werden, und da die Tatsache überwog, dass es ziemlich lange dauern konnte, bis der nächste Wagen anhielt, lief sie hin.

Der Wohnanhänger wurde von einem kleinen, roten Fiat 500 gezogen. Als sie die Fahrertür öffnete, schlug ihr der Eukalyptus-Geruch eines Duftbäumchens entgegen.

Ein Mann mit einem länglichen Pferdegesicht grinste sie an. Er war irgendwas zwischen sechzig und siebzig, hatte struppige Koteletten und trug eine unmoderne Brille mit Goldrand.

»Wo soll es denn hingehen?«, fragte er fröhlich.

Ihr Blick sprang durch den Innenraum des Wagens. Viel Platz gab es nicht. Der Mann schaufelte bereits Keksschachtel, Wasserflasche und Straßenkarte vom Beifahrersitz nach hinten. Er schien keinen Zweifel daran zu haben, dass sie einstieg.

»Wohin fahren Sie denn?«

Er strahlte sie an. »Ich will in den Harz. Also zuerst mal. Dann gucke ich weiter. Ich weiß noch nicht.«

»Richtung Berlin?«

Er legte den Kopf schief. »Och, warum nicht.«

Melli zögerte einen kurzen Moment und stieg ein und klemmte sich den Rucksack zwischen die Füße.

Der Mann reichte ihr die Hand. »Hopf. Bertram Hopf.«

Sie griff zögernd danach. »Melli.« Mehr musste der nicht wissen. »Harz ist ja schon mal die richtige Richtung. Also so grob.« Sie sah auf den Rücksitz. »Sie fahren noch nach Karten?«

»Ein Navi brauche ich nicht. Also diesmal nicht. Ich bin ja nicht von gestern, aber es ist so eine Art Revival-Reise. Eine Nostalgie-Tour, wenn Sie verstehen, was ich meine. Der Fiat ist zwar ein neues Modell, aber vor 48 Jahren, als wir den ersten Urlaub mit unserem Auto gemacht haben, war es auch ein Cinquecento. Und der

Wohnanhänger, der ist ein altes Original. Ein *Beduin*, aus dem Jahr 1968.«

»Wir?«

»Meine Frau Lilo und ich.«

»Und warum ist sie heute …« Melli sah seine verkniffenen Mundwinkel und wusste gleich Bescheid. »Oh, sorry.«

»Können Sie ja nicht wissen.« Seine Finger klammerten sich ganz fest um das Lenkrad. »Vor zwei Monaten ist sie gestorben. Nierenversagen. Es ging ziemlich schnell. Eine knappe Woche hat sie nur gelegen. « Seine Stimme klang ein bisschen heiser. Er schaltete das Radio an, und ein Schlager ertönte. *Oh Pardon, sind Sie der Graf von Luxemburg?*, sang eine junge Frau mit einem unbestimmbaren Akzent.

»Ich habe doch tatsächlich einen Sender gefunden, der den lieben langen Tag nur Evergreens spielt. Die kennen Sie natürlich nicht, das war ja lange, lange vor Ihrer Zeit.«

»Steinzeit, wenn Sie mich fragen.«

Hopf lachte. »Ja, stimmt, da komme ich her. Aus der Steinzeit.«

Er fuhr langsam, und Melli bereute schon, dass sie bei ihm eingestiegen war. Immer wieder überholten auf den geraden Strecken die anderen Autos in ganzen Kolonnen. Würde vielleicht doch Weihnachten werden.

»Das riecht aber penetrant«, sagte sie und tippte gegen das Duftbäumchen.

»Das? Oh, habe ich gar nicht gemerkt. Das Auto ist noch so neu, riecht alles nach Plastik hier.«

Sie traute sich nicht zu fragen, ob Rauchen okay war.

»Haben Sie es eilig, nach Berlin zu kommen?«, fragte der Mann.

»Ja, schon.«

»Ich habe viel Zeit«, sagte er versonnen. »So richtig Zeit … also, solange ich noch Zeit habe.«

»Kapier ich nicht.«

Er zeigte ein Lächeln, das nur schwer zu deuten war. »Ich bin in Rente. Hab mein Haus verkauft, alles von der Bank abgehoben, was sich flüssig machen ließ.«

Melli vermutete, dass das mit dem Tod seiner Frau zusammenhing.

»Mich hat zuhause nichts mehr gehalten, wissen Sie.«

»Und jetzt gurken Sie kreuz und quer durch die Weltgeschichte?«

»Wie gesagt, solange mir noch Zeit bleibt.«

»Aber …«

»Krebs«, sagte Hopf. »Ich soll eine Chemo machen, aber das kommt nicht infrage. Ich mache lieber Ferien.«

»Nostalgie-Ferien in Erinnerung an …«

»Gucken Sie mal ins Handschuhfach.«

Melli tat, wie ihr geheißen. Dort waren weitere Karten, eine Kunstledermappe mit den Fahrzeugpapieren und eine gerahmte Fotografie. Ein junges Paar in Schwarz-Weiß. Eindeutig Bertram Hopf, das sah man schon an der Brille, die damals mal modern gewesen sein mochte. Er hatte kalkweiße Arme und Beine, die aus den kurzen Sommerklamotten herausguckten. Die rundliche Frau daneben hatte schwarzes Haar und Zöpfe. Beide hielten ein Eis in der Hand und strahlten um die Wette.

»Eis hätte ich jetzt auch gern«, sagte Melli, so als wäre das das Einzige, was einem bei diesem Foto einfallen konnte.

»Gute Idee!«, sagte Bertram Hopf freudestrahlend. »An der nächsten Raststätte!« Er zwinkerte ihr zu. »Sehen Sie, alleine wäre ich nie darauf gekommen. Zu zweit ist die Fahrt doch direkt viel lustiger.«

Sie rang sich ein schwaches Lächeln ab. Der Typ war ein bisschen spooky.

Barfuß im Regen, näselte jetzt ein Sänger im Radio.

»Michael Holm, toll«, sagte Hopf und lächelte versonnen. Er summte leise mit, und Melli schwieg und versuchte, nicht auf den beknackten Text zu hören. Es kam keine SMS von Henk. Der konnte sie mal.

Irgendwann tauchte eine Raststätte auf, und Hopf setzte den Blinker. Er sah sie kurz an und fragte: »Es bleibt doch dabei? Wir essen ein Eis?«

»Ja, klar«, sagte sie. »Ich müsste auch mal.«

Wenig später standen sie vor dem Shop in der Sonne und aßen ein Eis am Stiel.

Melli betrachtete den Wohnwagen. Ein klobiges, kleines Gefährt, das ein bisschen aussah, als würde es sich nach vorne beugen. Der obere Teil war eierschalenfarben, die untere Hälfte hellblau lackiert. »Verdammt klein, das Ding.«

»Aber es hat Platz für zwei. Vor allen Dingen, wenn man frisch verliebt ist.« Er zwinkerte ihr zu. »Da genießt man jede körperliche Berührung.«

Meinte der das jetzt anzüglich? Eher nicht. Melli leckte sich ein paar klebrige Tropfen vom Handrücken. »Und das ist der gleiche wie der, den Ihre Frau und Sie hatten?«

»Derselbe!«, sagte Hopf stolz. »Das ist unser alter Wohnwagen. 64er Baujahr.«

»Krass. Und den haben Sie all die Jahre rumstehen gehabt?«

Hopf lachte. »Nein, ich habe ihn zurückgekauft. Er hatte inzwischen sieben Besitzer und hat auch schon mal in einem kleinen Privatmuseum in der Nähe von Nürnberg gestanden.« Er blickte sie jetzt ernst an. »Es hat mich große Mühen gekostet, ihn wiederzufinden. Wir waren so glücklich darin. Ich hätte jeden Preis dafür gezahlt. Am liebsten hätte ich ja auch den alten Fiat zurückgekauft, aber der ist wahrscheinlich längst verschrottet.«

Melli warf achtlos das Eisstäbchen in die Büsche und zuckte mit den Schultern. »Okay. Kommen Sie, wir sollten weiterfahren, sonst kommen Sie nie in den Harz und ich nie nach Berlin.«

Als Hopf den Wagen aufschloss, fragte Melli ihn beiläufig über das Autodach hinweg: »Was kostet denn so ein Teil?«

»Als wir ihn vor achtundvierzig Jahren gekauft haben, haben wir sechstausend Mark bezahlt.«

»Klingt nach viel.« Melli betrachtete mit gerümpfter Nase den Anhänger.

»Ja, und vorletzte Woche habe ich dann achttausend dafür bezahlt.«

»Euro?« Melli weitete die Augen.

»Klar. Der Besitzer hat schnell gemerkt, dass ich ihn unbedingt haben wollte. Aber wissen Sie, das Geld ist mir egal. Ich habe noch genug, und es ist mir nicht mehr wichtig, wofür ich es ausgebe. Der Rest meiner Tage soll schön werden.«

Sie stiegen ins Auto. Bevor Hopf den Motor startete, lächelte er Melli sanft an. »Es tut gut, dass ich nicht allein bin.«

Sie fuhren etwa eine halbe Stunde über Land- und Nebenstraßen. Bertram Hopf benötigte offenbar keine Karten. Einmal schien er sich verfahren zu haben, und er benutzte einen Kreisverkehr zum Wenden.

»Sie melden sich, wenn ich Sie irgendwo rauslassen soll, ja?«, sagte er irgendwann, als er verlangsamte, um die Straßenschilder zu studieren.

»Klar.« Melli guckte auf ihr Handy. Es gab immer noch keine Nachricht von Henk. Ihr kam der Gedanke, dass es Zeit wurde, den Spieß umzudrehen. Was wäre, wenn sie jetzt einfach nichts mehr von sich hören ließ? Wenn sie gar nicht ranginge, wenn er sich dann doch irgendwann dazu bequemte, sie anzurufen? Warum beeilte sie sich überhaupt so, zu ihm zu kommen? Das Geld würde sie schon noch früh genug in Berlin abliefern können.

Geld. In ihrem Kopf formte sich ein Gedanke. Sie sah Hopf von der Seite an, wie er aufmerksam nach vorne auf die Straße blickte und sich mit der Zunge immer wieder über die Lippen fuhr.

»Und Sie haben echt Ihr ganzes Geld abgehoben?«

»Jaja. Und die Wohnung und die Versicherungen gekündigt.« Er setzte den Blinker und blickte in die Außenspiegel, bevor er abbog. »Bei zwei Versicherungen ging das nicht, das war wegen der Frist nicht möglich. Ist mir aber auch egal. Wie gesagt, ich will meine letzten Tage genießen.«

Wie viel mochte so einer wohl angespart haben? Melli hatte vorhin versucht, einen Blick in sein Portemonnaie zu werfen, als er das Eis bezahlt hatte. Es war prall gefüllt gewesen. Viele Scheine, aber es passte noch in die Gesäßtasche. Wenn das alles war, war er ein armer Schlucker. Er sah auch aus wie ein armer Schlucker. Obwohl … So wie er sahen doch irgendwie alle jenseits der Siebzig aus, die sie kannte.

»Von dem Geld kann ich theoretisch Urlaub machen, solange ich will.«

Melli zwang sich, ruhig zu bleiben. Er musste nicht merken, wie sehr sie der Gedanke erregte, in der Nähe von so viel Geld übers Land zu zockeln.

»Schauen Sie, wenn Sie da vorne an der Kreuzung aussteigen, können Sie sich rechts um die Ecke hinstellen. Da kommt der Autobahnzubringer. Dann sind Sie in der richtigen Richtung unterwegs.« Er setzte den Blinker und bremste ab, um rechts ranzufahren.

»Und Sie?«

Er wandte ihr den Kopf zu. »Ich fahre in den Harz. Da muss ich links ab.«

»Und dann einfach so durch die Gegend?«

Sein Blick wurde starr. »Nein«, sagte er leise. »Zuerst auf einen Campingplatz. Einen ganz bestimmten. Der Platz, auf dem …«

Sie blickte ihm tief in die Augen. »Der Platz, auf dem Sie und Ihre Lilo den ersten Urlaub …?«

Er nickte. »Ich habe ein bisschen Angst.«

»Soll ich mit Ihnen kommen?«

Sein Gesicht hellte sich auf. »Ja, hätten Sie denn Lust dazu?«

Sie setzte ein Lächeln auf, das ihm signalisieren sollte, dass sie sich in diesem Augenblick nichts Schöneres vorstellen konnte, als mit einem Rentner im klapprigen Oldtimer-Campingwagen auf einem piefigen Campingplatz im verschissenen Harz zu sein. Er verstand ihr Lächeln auf Anhieb.

»Ich bin der Bertram«, sagte er mit einem Strahlen.

»Melli, weißt du ja«, sagte sie. »Und jetzt fahr weiter zu deinem Campingplatz.«

Er griff nach hinten und holte die Karte. »Hier, du sagst mir, wo es langgeht. Das wird schön«, sagte er.

Sie nickte. »Hm, ja, das wird schön.«

»Wie damals.«

Aus dem Autoradio tönte es: *Schön ist es, auf der Welt zu sein!*

* * *

Sie erreichten den Campingplatz am späten Nachmittag. Melli kannte so etwas nur aus dem Fernsehen. Sie war mit ihrer Familie immer in Pensionen und kleine Hotels an der Ostsee gefahren, und in den letzten Jahren hatte sie ein paar Billigflüge nach Mallorca und Ibiza gebucht. Beim Anblick der Wohnwagen-Reihen kam sie sich ein bisschen vor wie in einem Berliner Schrebergarten. Es gab offenbar tatsächlich Menschen, die in so was jedes Jahr ihren gesamten Urlaub verbrachten.

»Da hinten standen wir«, sagte Hopf, als er vom Kassen-Kiosk zurückkehrte. Sein Finger wies auf eine sonnige Ecke am Waldrand. »Da steht aber jetzt ein Dauercamper. Wir können da vorne hin, da, wo der Weg die Kurve nach rechts macht.«

Langsam rollten sie zu der freien Fläche, und Melli guckte währenddessen in Vorzelte und durch Wohnmobiltüren, ließ den Blick über Klapptische, Grills und Bierflaschen streifen, sah spielende Kinder und Mütter, die Wäsche aufhängten, und sie dachte erleichtert daran, dass ihr das alles bislang erspart geblieben war.

Den kurz aufflackernden Gedanken daran, dass hier die ein oder andere glückliche Familie gemeinsam eine schöne Zeit verbrachte, schob sie beiseite.

Sie half Hopf, den Wohnwagen zu platzieren, so gut sie konnte. Und dann durfte sie zum ersten Mal einen Blick ins Innere des kleinen Gefährts werfen. Zwei schmale Sitzbänke zu beiden Seiten des Tischchens waren mit einem orangefarbenen Stoff mit Blümchenmuster bespannt, es gab einen Gasherd und Einbauschränke, alles in honigfarbenem Holz und alles im Puppenstubenformat.

»Ach du Scheiße, ist das klein«, sagte sie.

»Ja, das schon, aber wenn man frisch verliebt ist …« Hopf merkte mit Verzögerung, wie das in ihren Ohren klingen musste, lachte auf und hob beschwichtigend die Arme. »Keine Sorge! Ich überlasse Ihnen … dir das Bett. Ich werde selbstverständlich im Auto schlafen! Ist ja nur für eine Nacht.«

Melli nickte bestätigend. Sie würde zwar sehr viel tun für die Kohle, aber nicht alles.

Während sie Hopf half, einen Baldachin zu spannen und die winzigen Klappmöbel zwischen Auto und Wohnwagen aufzustellen, überlegte sie, was sie sich eigentlich erhoffte. Dass sie das Geld fand und heimlich etwas abzweigen konnte? Ein paar Scheinchen nur.

Oder vielleicht etwas mehr, je nachdem, wie viel es war. Der Typ wusste immerhin so gut wie gar nichts von ihr, was wollte er also der Polizei erzählen? Eine aus Berlin, sonst nix, na bravo!

Und als sie sah, dass Hopf jetzt geradezu feierlich das gerahmte Foto aus dem Handschuhfach auf einen alten, braunen Koffer stellte, den er hochkant gegen den Campingwagen gelehnt hatte, dachte sie, dass er eindeutig der sentimentale Typ war, der verständnisvolle, und dass sie ihn mit der ein oder anderen deprimierenden Story und ein paar Tränchen wahrscheinlich sogar dazu kriegen würde, dass er ihr aus freien Stücken etwas von dem Geld abgab. Wie viel, das hing ganz von ihren Storys ab.

Hopf holte ein kleines Transistorradio aus dem Kofferraum, schaltete es ein und stellte es neben dem Reifen des Wohnwagens ins Gras. Eine weinerliche Männerstimme im Radio sang: *Der Junge mit der Mundharmonika.*

Melli ging in den Wohnwagen, um sich aus den Sitzbänken ein Bett zu bauen.

* * *

Als die Sonne unterging, saßen sie am Campingtisch und löffelten aus dem Hartplastikgeschirr eine Tomatencremesuppe, die Hopf zuvor anscheinend mit großem Vergnügen auf einem kleinen Gaskocher erhitzt hatte. Dazu kauten sie belegte Brote, die er aus einer Tupperdose hervorgezaubert hatte, und süßsaure Gürkchen aus dem Glas. Es gab einen lieblichen italienischen Rotwein, den Melli am liebsten gleich weggeschüttet hätte. Ein Bier wäre ihr lieber gewesen.

Eine alte Korbflasche, in deren Öffnung Hopf eine Kerze gesteckt hatte, nahm den meisten Platz auf dem Tisch ein. Die kleine Flamme flackerte unruhig im lauen Abendwind, und Wachstropfen rannen herab.

Hopf redete ununterbrochen. Er schwelgte in Erinnerungen an seine verstorbene Frau und an all die Reisen, die sie mit dem Wohnwagen unternommen hatten. Mehr als einmal unterdrückte Melli ein Gähnen.

»Immerhin habe ich Abschied von ihr nehmen dürfen. Sechs Tage war ich quasi rund um die Uhr bei ihr im Krankenhaus.«

Immer wieder vibrierte das Handy in Mellis Hosentasche. Henk schien jetzt endlich Zeit für sie zu haben. Sie aber nicht für ihn.

Bertram Hopf schwadronierte über Kinofilme, italienisches Essen und Gartenarbeit. Er erzählte von Geburtstagsfeiern, Bademode und Heizölpreisen. Jedes zweite Wort war Lilo, und als im Radio der noch junge Peter Maffay sang »*So bist Duhuhu, Duhu, Duhuhuhuuu*«, sang Hopf laut mit.

Und Melli fand überhaupt keine Gelegenheit, etwas von sich zu erzählen. An diesem Abend würde sie ihn nicht weichkochen können.

Hopfs Wangen waren gerötet, und seine Bewegungen wurden immer schwungvoller. Er hatte die Weinflasche nahezu alleine geleert.

»Lilo«, hauchte er irgendwann und streckte die Hand nach Mellis Wange aus.

Da sagte sie streng: »Jetzt ist aber Zeit für's Bett«, und pustete die Kerze aus.

Hopf merkte offenbar, dass es mit ihm durchgegangen war, und murmelte etwas Unverständliches, während er sich ungelenk aus dem Klappstuhl hochstemmte.

Melli ging zum Toilettenhäuschen, und als sie zurückkehrte, war Hopf nicht mehr zu sehen. Ein Blick in den leeren Wohnwagen ließ sie vermuten, dass er sich bereits in den kleinen Fiat verkrochen hatte.

Dann zog sie die Tür hinter sich ins Schloss, schaltete das Licht ein, zog die sonnenblumengelben Vorhänge zu und begann zu suchen. Sie brauchte sich kein System zu überlegen, denn es gab kaum Plätze, an denen Hopf das Geld hätte verstecken können. Die Schränke waren klein wie alles hier drin, und weder in den Vorratsdosen, in der Thermoskanne noch in den Beutelteeschachteln fand sie etwas, was normalerweise nicht darin war.

Irgendwann hatte sie alles gefilzt, jeden Winkel abgetastet. Die Matratze, die Bücher, die Landkarten und seine Socken und Unterwäsche. Als sie zu guter Letzt den Kulturbeutel durchkramte, klopfte es zaghaft an der Tür.

Sie schrak zusammen, und das Blut schoss ihr in die Wangen. Beinahe geräuschlos stopfte sie den Kulturbeutel zurück in den Schrank, löschte das Licht und schlüpfte unter die Bettdecke.

Das Klopfen wiederholte sich, diesmal ein bisschen lauter.

»Was ist los?«, fragte sie und bemühte sich, es möglichst verschlafen klingen zu lassen.

»Melli? … Melli? … Melli, ich bin's, Bertram.«

»Ja, was denn?«

Jetzt würde also das kommen, mit dem sie gerechnet hatte. Der alte Sack kam, um sie zu besteigen. Vermutlich hatte ihn der Alkohol mutig gemacht. Sie würde sich wehren müssen. Womit? Mit einem Schuh? Einem Buch? Sie griff nach der Sprudelwasserflasche.

Bertram Hopfs Stimme kam leise und zaghaft: »Ich habe meine Waschsachen vergessen.«

Sie wartete einen Moment, bevor sie rief: »Okay, komm rein.«

Sie starrte zur Tür, die sie im gelblichen Licht der durch die Vorhänge scheinenden Laternen nur undeutlich erkennen konnte, und hielt den Hals der Flasche fest umklammert.

Hopf kletterte in gebückter Haltung in den Wagen, die linke Hand flach neben der Brille aufgerichtet, um den Blick in ihre Richtung abzuschirmen. Fahrig tastete er nach dem Schränkchen, öffnete es und holte den Beutel hervor, den sie gerade noch durchwühlt hatte. Dann wandte er sich um, wisperte »Schlaf gut« und verließ den Wagen mit einem leisen Rumpeln.

Melli wartete ein paar Minuten, bevor sie aufsprang und, immer noch die Sprudelflasche in der Hand, die Tür verriegelte. Sie kroch zurück ins Bett und dachte kurz daran, Henk anzurufen, aber sie hätte nicht gewusst, was sie ihm hätte sagen sollen.

In dieser Nacht schlief Melli sehr schlecht. Vielleicht war das alles doch keine so gute Idee.

* * *

Bertram hatte frische Brötchen gekauft und strahlte sie an. Die Sonne schien, er saß auf dem Campingstuhl, und sein aufdringliches Altherrenrasierwasser hing in der Luft.

»Guten Morgen!«, rief er fröhlich. »Dann kann ich ja den Kaffee kochen!« Er glitt an ihr vorbei in den Wohnwagen und begann im Inneren zu werkeln. »Du weißt ja, dass das, was man in der ersten Nacht im fremden Bett träumt, in Erfüllung geht?«

Sie brummte nur. Was hatte sie überhaupt geträumt? Sie erinnerte sich nicht.

Bertram kam mit Geschirr, Marmelade und Dosenwurst und schien schon wieder in Plauderlaune zu sein. »Da habe ich wohl ein bisschen zu viel getrunken gestern Abend. Ich hoffe, es war nicht allzu dummes Zeug, das ich von mir gegeben habe.«

»Wie war die Nacht im Auto?«

Er rieb sich den Nacken. »Na ja, ging so. Ich habe schon ein paar Liegestützen gemacht, um wieder locker zu werden. Das habe ich mit Lilo auch immer gemacht. Jeden Morgen. Bei uns zuhause hatten wir außerdem noch ein Trimmrad.«

Lustlos biss sie in ihr Brötchen, auf das sie sich Marmelade gestrichen hatte.

»Wann fahren wir weiter?« Sie gab sich keine Mühe, ihre Abneigung gegenüber dem Campingplatz zu verbergen.

»Ach!« Bertram hob den Finger. »Da fällt mir ein, da vorne ist ein Ehepaar aus Berlin. Die habe ich vorhin beim Brötchenkaufen kennengelernt. Die reisen heute ab und könnten dich mitnehmen.«

In diesem Moment kam eine SMS von Henk: *Wann kommst du heim, Baby? Ich vermisse dich. Ich liebe dich. Ich brauche dich.*

Im Radio sang Marianne Rosenberg: *Er gehört zu mir …*

Melli biss sich auf die Unterlippe und dachte an Henk. Ja, das war es. Sie würde sehen, dass sie schleunigst nach Berlin kam, zurück zu Henk. Sie schickte ihm drei Herzchen und schrieb dazu: *Bin unterwegs zu dir.*

Sie wollte sich gerade zeigen lassen, wo das Berliner Ehepaar stand, als sie aus den Augenwinkeln beobachtete, wie Bertram kopfschüttelnd den Kofferraum seines Fiat betrachtete und murmelte: »Junge, Junge, da muss ich aber demnächst vorsichtiger sein.« Die Klappe stand einen Spaltbreit offen, und Bertram öffnete sie jetzt vollends und kramte hektisch im Inneren des Kofferraums herum.

Schließlich öffnete er mit zitternden Händen den Verbandskasten und entspannte sich augenblicklich, als er sah, dass alles darin war, was er sich dort erhoffte.

Sie verfolgte jede seiner Bewegungen mit großem Interesse. Wie er die Gegenstände im Verbandskasten zurechtschob, ihn wieder verschloss, wie er ihn wieder verstaute und zurück in den Kofferraum legte. Dann drückte er die Heckklappe zu.

Sie wusste jetzt, wo er das Geld versteckt hatte.

»Weißt du was«, sagte sie unschuldig. »Ich hole uns den Kaffee, der müsste jetzt durch sein. Und dann packen wir und fahren los.«

Bertram Hopf dreht sich zu ihr um und sah sie mit geweiteten Augen an. »Wir?«

Sie setzte ein Lächeln auf. »Damit du nicht so allein bist.«

* * *

Die Landschaft war idyllisch, aber das nahm Melli nur am Rande wahr. Immer wieder zeigte Bertram nach rechts und links und sagte: »Da vorne habe ich mit Lilo damals Rast gemacht«, und: »Hier haben wir uns mit dem Selbstauslöser fotografiert.« Melli hatte mittlerweile konstant auf Durchzug geschaltet und ließ ihn reden. Er brauchte eigentlich keine Gesprächspartnerin. Wenn er etwas fragte, gab er sich die Antworten selbst. Lilo, Lilo, Lilo … Ob seine Lilo jemals zu Wort gekommen war?

Aus dem Autoradio ertönte: *Mendocino, Mendocino, ich fahre jeden Tag nach Mendocino …*

Am Mittag machten sie Rast in einem Gasthof mit einer Sonnenterrasse.

»Lass mich raten, hier hast du mit Lilo …« Sie konnte den Satz nicht beenden.

»Genau! Ich weiß noch genau, was wir gegessen haben, die Lilo und ich.« Er erzählte es ihr.

Und als sie die Speisekarte gebracht bekamen, tat sie ihm ungefragt den Gefallen und bestellte Rindsrouladen mit Salzkartoffeln und Rotkohl. So wie Lilo damals. Sie wollte ihn bei Laune halten. Er durfte nicht merken, was sie vorhatte.

Als er hinterher zur Toilette ging, schnappte sie sich den Schlüsselbund, den er auf dem Tisch hatte liegen lassen, und lief auf den Parkplatz. Es waren nur wenige Meter, aber trotzdem war es ausgesprochen riskant. Immer wieder warf sie einen Blick über dic Schulter. Wenn er zu früh zurückkehrte, würde sie eine Ausrede parat haben. Ihr Rucksack, irgendwas, was sie dringend brauchte …

Die Heckklappe schwang nach oben. Da war der Verbandskasten! Alles ging blitzschnell. Sie klappte ihn auf. Dort waren keine Mullbinden, Schere oder Leukoplast, aber dafür mehrere Bündel in milchigen Plastikbeuteln!

Sie brauchte nur kurz in eine hineinzusehen, und es verschlug ihr den Atem. Geldscheine. Viele, viele Geldscheine. Hauptsächlich gelbe Zweihunderter. Sie versuchte zu schätzen, wie viel Kohle es war. Zwanzigtausend? Fünfzigtausend? Nein, es schien tatsächlich noch mehr zu sein!

Melli konnte es nicht fassen. So viel Kohle! Das war ein Lottogewinn! Damit war sie alle Sorgen los. Sie brauchte keinen mehr anzupumpen, nicht mehr zu bitten und zu betteln. Jetzt war sie am Drücker. Jetzt war sie die Gewinnerin!

Sie blickte hektisch zur Terrasse. Noch war er nicht wieder aufgetaucht. Sie nahm die Päckchen heraus und steckte den leeren Kasten zurück in den Kofferraum. Deckel schließen, dann die Bündel in den Rucksack im Fußraum des Beifahrersitzes stopfen, zurück zum Restauranttisch.

Als Bertram Hopf kurz darauf selig lächelnd aus dem Gasthaus ins Freie trat, saß sie wieder an ihrem Platz, und sie hoffte inständig, dass er nicht ihren Herzschlag hörte, der in ihren Ohren donnerte wie eine gewaltige Fabrikmaschine.

»Es ist alles noch genauso wie früher. Die alten Bilder, die Möbel …«

Melli glaubte es ihm aufs Wort. Dieser Schuppen sah schon von außen so aus.

»Ich habe gleich bezahlt. Die alte Kellnerin konnte sich natürlich nicht erinnern. Ich habe ihr ein Foto von

Lilo aus meinem Portemonnaie gezeigt, aber das ist ja erst aus dem vorletzten Herbst. Sie hat sich ja doch sehr verändert.« Er wollte es schon hervorholen, da sagte Melli: »Nee, komm, lass uns weiterfahren.« Das hielten ihre Nerven nicht mehr durch.

Sie würde noch ein paar Kilometer mit ihm fahren und ihn dann an einer passenden Stelle bitten, sie rauszulassen. Irgendwo, wo viel Verkehr war, von wo sie schnell weiterkommen würde. Sie musste ihre Nervosität unterdrücken. Was war nur los mit ihr?

Ihre Hände zitterten, als sie sich den Gurt umlegte. Bertram Hopf fuhr langsam an und schaltete das Radio ein.

Schuld war nur der Bossanova.

Die Straße wand sich durch die romantische Landschaft, immer entlang der Berghänge. Es herrschte reger Ausflugsverkehr. Melli hatte keinen Zweifel daran, dass sie rasch jemanden finden würde, der sie mitnahm. Dieses Mal würde sie auch ihre Lederjacke ausziehen, damit man ihr knappes Tanktop sah. Hauptsache, so schnell wie möglich weg.

Sie wippte mit dem rechten Fuß, sodass ihr Knie zitterte. All die viele Kohle, und alles gehörte ab jetzt ihr. Nur ihr allein!

Bertram Hopf schien das Wippen falsch zu verstehen. »Die gehen ins Blut, die alten Schlager, was?« Er sang laut: »*War's der Mondenschein? Na na, der Bossa Nova* … Du musst immer das *Na na der Bossa Nova* singen. So, wie die Lilo das immer gemacht hat. *Oder war's der Wein?* Und jetzt du: *Na na, der Bossa Nova* …«

Aber Melli sang nicht mit. Sie ballte die Fäuste so sehr, dass sich ihre Fingernägel tief in die Handballen gruben. Der Rucksack zwischen ihren Unterschenkeln brannte wie Feuer.

Hopf sang dafür umso lauter: »*Yeah yeah, der Bossa Nova* ... Warum singst du nicht mit? Meine Lilo, die hatte eine Stimme, die hätte bei jedem Gesangs...«

Da platzte es aus ihr heraus. »Verdammte Scheiße, mich interessiert es einen verdammten Dreck, wie deine Lilo gesungen hat! Lilo hier, Lilo da ... Die kotzt mich an, deine Lilo! Die ist tot, kapier das doch. Die ist seit zwei Monaten unter der Erde, und die kommt auch nicht mehr zurück! Da kannst du bis in alle Ewigkeit alle Schauplätze eurer Kack-Glücks-Ehe abklappern, das mit deiner Lilo ist vorbei! Für immer!«

Bertram Hopf verriss kurz das Steuer, sodass ein entgegenkommender Mercedes laut hupte, aber dann hatte er den Wagen wieder in der Spur.

Er starrte geradeaus und klammerte die Hände um das Lenkrad, sodass die Knöchel blassgelb hervortraten. Seine Wangenmuskeln arbeiteten.

Melli schloss die Augen und verwünschte sich für diesen Ausbruch. Warum war sie jetzt so ausgetickt? Jetzt, wo fast alles gelaufen war.

Okay, jetzt würde er sie rausschmeißen, das war klar. Dann lief es eben so rum, war auch okay. Er würde die nächste Parkbucht nutzen oder den nächsten verdammten Aussichtspunkt mit Panoramablick und würde sie anbrüllen, vielleicht schlagen. Das machte ihr nichts, das kannte sie.

Ihr Handy vibrierte. Eine SMS von Henk: *Kannst du schon sagen, wann du ankommst?*

Sie wollte gerade antworten, als sie bemerkte, dass das Geräusch des Motors lauter wurde. Die Straße vor ihnen war frei, und Bertram Hopf beschleunigte. Er fuhr schneller als bisher. Deutlich schneller. So schnell war er noch nicht gefahren, seit sie am Vortag bei ihm eingestiegen war.

Hopfs Lippen bewegten sich, sein Körper war angespannt. Er trat das Gaspedal durch.

»He, mach mal langsam«, sagte sie vorsichtig. »Ras nicht so.«

»Die Lilo hat nie so rumgeschrien. Die war ein ganz sanftes Wesen.«

»Ist ja gut, das war nicht so gemeint.«

»Die war so lieb und so zugewandt, die musste man einfach gernhaben. Die hatte mich gar nicht verdient. Meine Lilo, die wird nie weg sein. Nie! Die ist für immer bei mir. Ich kann nämlich ohne meine Lilo gar nicht sein.«

Melli sah im Rückspiegel, wie sich die nachfolgenden Autos mehr und mehr entfernten, immer weiter zurückfielen. Die Tachonadel kletterte höher und höher. »Verdammt, fahr langsamer!«, schrie sie.

»Wir hatten so eine wunderbare Zeit miteinander, die Lilo und ich. Das war so wunderwunderschön, das kann man sich heute gar nicht mehr vorstellen«, presste Hopf zwischen den Zähnen hervor.

Weiter vorne kam eine starke Linkskurve in Sichtweite. Melli wurde von einer fürchterlichen Panik gepackt. Wenn er mit dieser Geschwindigkeit in die Kurve ging, würde es den Wohnwagen unweigerlich von der Straße reißen!

»Langsamer!«, schrie sie, um den Motor zu übertönen. »Scheiße, fahr doch langsamer!«

Und dann erkannte sie, dass er nicht vorhatte, in die Kurve zu gehen. Hopf hielt das Steuer starr in seiner Position. Die Leitplanke kam mit atemberaubender Geschwindigkeit auf sie zu. Dahinter breitete sich das tiefe, breite Tal aus, das dunkle Blau des Sommerhimmels und das satte Grün der bewaldeten Hänge in der Ferne.

»Ja, ein Wunder war das, mit Lilo und mir. Ein richtiges Wunder …«

Melli kreischte, strampelte mit den Beinen und versuchte, den Gurt zu lösen, aber ihre zitternden Hände fanden den Knopf nicht.

Und als im Radio die ersten Orchesterklänge ein neues Lied ankündigten und eine Frauenstimme sang: *Viele Menschen fragen, was ist schuld daran? Warum kommt das Glück nie zu mir?*, krachte der Fiat durch die Leitplanke, und der nächste Moment war ein Moment der Schwerelosigkeit. Es war, als würden sie fliegen. Losgelöst, befreit, und Katja Ebstein sang: *Wunder gibt es immer wieder, heute oder morgen können sie gescheh'n …*

Die Qualle

Eigentlich ist das Haus ein alter Kasten mit rissigem Sandputz, aber Gitti mag es. Die Wände sind aus Pappe, die Böden federn und ächzen unter jedem Schritt. Neun Mietparteien wohnen hier. Ihre Wohnung ist mittendrin, erster Stock. Sie hätte zu gerne die Wohnung obendrüber. Die hat zwar, wie die anderen rechts und links, eine Dachschräge, aber das würde ihr nichts ausmachen. Von dort oben würde sie nämlich über die Dächer der Häuser auf der anderen Straßenseite gucken können, ganz weit in Richtung Süden, bis hin zum milchig-bläulichen Gebirge, hinter dem irgendwo in der Ferne Italien liegt.

Aber obendrüber wohnt die Qualle. Noch.

Die Wohnungen sind alle exakt gleich geschnitten. Auch wenn sie nur in zwei von ihnen jemals drin gewesen ist – links bei der alten Frau Fortkamp und rechts unten bei Theo, dem Autoschrauber – hat sie doch eine ungefähre Vorstellung davon, wie die Einrichtung der anderen wohl aussehen könnte. Bei Fräulein Hettgen genau unter ihr ist sicher alles kunterbunt geblümt. Links daneben wohnt das Ehepaar Tröscher – die sehen so aus, als würden sie schwarze Messen feiern. Bei der Familie Zirngiebel rechts neben Gitti kann es bei den beiden wilden Kindern nur unfassbar unaufgeräumt sein. Rechts oben wohnt Dr. Knorrek, der Einsiedler, der täglich Bücher anschleppt, und auf der linken Seite haust ein junger Student, aus dessen Bude es nach allem riecht, nach dem nichts riechen sollte.

Nur wie die Qualle über ihr wohnt, das kann sich Gitti einfach nicht vorstellen. So ein fetter Körper zwischen all den Möbeln. Die Wohnungen sind so gemütlich, weil sie nicht übermäßig geräumig sind.

Um sieben Uhr hat sich Gitti ein Bad eingelassen. Es ist ein Segen, dass in dem alten Haus noch in allen Wohnungen Badewannen stehen. Gute, alte Emaillewannen, mit verkalkten Wasserhähnen und schönen schwarzen Stöpseln. Stundenlang kann sie darin liegen und Musik hören. Oder lesen. Oder einfach nur träumen.

Zum Beispiel von der Wohnung obendrüber. Von dem Ausblick, den man von dort hat.

Aber da wohnt ja die Qualle.

Gitti hat die Kleider ausgezogen und sich im Badezimmerspiegel einmal von allen Seiten betrachtet. Ihr Körper ist ziemlich okay. Der Spiegel ist ein bisschen beschlagen, und das, was sie erkennen kann, sieht fast romantisch aus. Ihr Bäuchlein ist ein kleines bisschen zu rund, und die Brüste sind ein wenig zu klein, aber das geht schon so.

Ganz anders als bei der Qualle obendrüber.

Gitti steigt in das heiße Wasser. Langsam lässt sie sich zwischen die Schaumberge gleiten. Es duftet nach Obst und Blüten und nach einer Sommernacht im Orient.

Gitti schreibt Gedichte. Nichts, wovon man leben kann, aber etwas, das ihrer Seele gut tut. Der Kellnerjob im Imbiss am Bahnhof kann der Seele manchmal schon gefährlich werden. Gitti achtet darauf, dass sie keinen Schaden nimmt.

Die Qualle kommt manchmal zum Essen in den Imbiss. Sie stopft sich mit Fleisch und Kartoffeln und Fritten und Mayonnaise und Pfannkuchen und Blutwurst und Eis voll, als gäbe es kein Morgen.

Gitti fühlt, wie ihre Arme schwerelos an die Oberfläche des Badewassers steigen. Sie schaut nach oben zur

Decke mit der schlecht geklebten Raufasertapete. Der alte Stuck an den Rändern ist nicht mehr ganz komplett. Sie hat ihn beim Einzug mit goldener Farbe angepinselt und die fehlenden Stellen einfach mitbemalt. Gitti hat es gerne schön. Sie würde auch die Wohnung im zweiten Stock wunderhübsch gestalten.

Gittis Ohren sind jetzt unter Wasser. Da hört man ganz anders. Das hat etwas mit der Dichte des Wassers zu tun, die viel höher ist als die der Luft. Das hat sie mal gelesen, und sie hat festgestellt, dass das stimmt. Die Schallwellen breiten sich im Wasser viel schneller aus, und man nimmt sie auch mit den Schädelknochen und den Innenohren wahr. Darüber wollte sie auch mal ein Gedicht schreiben, aber das klang alles viel zu unromantisch.

Aber es ist nützlich. Sie hört im Badewasser Dinge, die sie sonst nur undeutlich wahrnehmen würde.

Nur kann man unter Wasser nicht ausmachen, aus welcher Richtung der Schall kommt. Wenn sie also wissen will, in welcher Wohnung gerade etwas geschieht, das Geräusche erzeugt, muss sie den Kopf anheben. Sie beherrscht das sehr gut.

Jetzt hört sie zum Beispiel, dass die Tröschers links unten streiten. Ach nein, eigentlich streiten sie ja gar nicht. Gitti lauscht unter Wasser. Sie hört die Worte »Gemeinheit!« und »Das geht die gar nichts an!«

Ja, jetzt um 19 Uhr sind so ziemlich alle zuhause. Die Tröschers werden wohl den Brief gefunden haben, den sie ihnen unter der Tür durchgeschoben hat. Der, in dem sie sich in Andeutungen ergeht, was das finstere Tun des stets schwarzgekleideten Paars angeht. Sie hat geschrieben, dass sie die Perversionen demnächst dem Hauseigentümer mitteilen wird. Unterschrieben hat sie den Brief natürlich nicht, aber sie hat ein bisschen Parfüm draufgesprüht. Es ist das Parfüm, das die Qualle immer im Kaufhaus in der Weststadt kauft. Es passt nicht zu ihr, zu dieser fetten, schnaufenden Matrone. Das ganze Treppenhaus riecht immer nach ihr, wenn sie sich wieder hinauf- oder hinuntergequält hat. Pervers mögen die Tröschers sein, aber sie sind nicht doof. Zumindest Frau Tröscher kriegt das mit dem Parfüm schon auf die Reihe. Die Stimmen sind laut und aufgeregt. Gitti kichert leise und plätschert ein bisschen mit dem Badewasser.

Auch der alte Dr. Knorrek rechts oben ist zuhause.

Bei der Qualle schellt jetzt dreimal das Telefon, es wird abgehoben, und dann fängt der Alte mit brüchiger Stimme an zu zetern. Gitti taucht unter und hört: »Bücher stehlen? Denken Sie, ich hätte das nötig, Sie grässliche Person?« Damit bezieht er sich zweifellos auf die Schmiererei an seiner Wohnungstür: »Bücherdieb!« Mit der Lippenstiftfarbe von der Qualle.

Dr. Knorrek kräht ins Telefon und beschimpft die Qualle mit herrlich altmodischen Schmähungen. Hoffentlich kriegt er keinen Infarkt. Gitti mag ihn nämlich und hätte ihn gerne als direkten Nachbarn.

Na ja, vielleicht schon bald …

Die Qualle antwortet kaum hörbar. So sehr sich Gitti auch anstrengt, sie kann nichts verstehen. Sowohl unter, als auch über Wasser. Die Stimme ist so lauwarm und schwammig, wie die einer Qualle, wenn sie sprechen könnte. Sie kann sich gar nicht richtig wehren gegen den Alten.

Die Tür bei Theo, dem Autoschrauber knallt jetzt laut, und dann hört Gitti knarrende Treppenstufen. Es geht ganz schnell, dann ist er schon oben unterm Dach und hämmert gegen die Wohnungstür der Qualle.

»Pass bloß auf, was du sagst, du Kuh!«, brüllt er. Das versteht Gitti auch ohne Wasser. Er ist groß und kräftig, und er hat grobe Hände. Das mag Gitti. Wenn sie erst mal oben wohnt, kann er sie auch mal besuchen. »Meinst du etwa, ich hätte dein Geflüster auf meiner Mailbox nicht erkannt? Lass mich mit deinen Ferkeleien in Ruhe! Meinst du, ich stehe auf so fette Tanten wie dich?«

Gitti freut sich, dass alles so gut klappt. Sie pustet sich eine Schaumflocke von den Zehen.

»Zum letzten Mal, lass mich in Ruhe, hörst du?«

Die Qualle kriegt nie Besuch. Erst recht nicht von Männern. Sie arbeitet auf dem Amt. Da ist sie sicher auch die Außenseiterin. Garantiert werden auf jeder Weihnachtsfeier Witze auf ihre Kosten gemacht.

Die alte Frau Fortkamp links hustet infernalisch. Das tut sie sowieso fast den ganzen Tag. Ab und zu guckt die Qualle nach ihr. Immer dann, wenn die Alte sie durchs geöffnete Fenster zu sich herunterruft. »Dann bleiben Sie eben oben!«, krächzt sie jetzt zwischen zwei Hustenanfällen ins Freie. »Glauben Sie bloß nicht, ich wäre auf Sie angewiesen!« Das wird wohl damit zu tun haben, dass statt des üblichen Einkaufs nur ein Zettel in dem Beutel an dem Türgriff gesteckt hat, auf dem steht, dass sie sich nicht länger als Dienstbotin missbrauchen lässt. Fast hätte Gitti mit »Die Qualle« unterschrieben.

Gitti muss jetzt morgens die Mortadella und das Körnerbrot essen, obwohl sie beides nicht mag. Auch nicht den Lecithintrunk, aber sie lässt nicht gerne etwas umkommen.

Gittis kleine Brüste gucken keck aus dem Schaum hervor.

Die Brüste der Qualle sind hundertmal so groß. Hunderttausendmal! Gitti hat auch gehört, dass sie in psychiatrischer Behandlung ist. Ab und zu fährt sie in Kur.

Frau Zirngiebel rechts ist außer sich. Gitti taucht schnell unter, um nichts zu verpassen. Jemand hat sich beim Hausmeister über ihre beiden Kleinen beschwert, die zu laut im Treppenhaus spielen. Eine Frau, die sogar mit einer Anzeige gedroht hat. Er hätte eigentlich nicht verraten dürfen, dass es die Qualle war, die ihn angerufen hat. Flüsternd die Stimme zu verstellen ist nicht schwer, findet Gitti. Herr Zirngiebel ist auf hundertachtzig. Und vor allen Dingen hat er die Handynummer von der Qualle. Das Mobiltelefon hat einen lustigen, rhythmischen Klingelton, der gar nicht zu der Qualle passt. Was Herr Zirngiebel ihr zu sagen hat, hört Gitti genau. Von der Qualle hört sie allerdings nur ein lautes Schluchzen.

Immerhin! Das ist ein Anfang!

Vielleicht dreht sie ja durch und springt aus dem Fenster. Kein schöner Gedanke. Aber sie würde ja auch gar nicht über die Brüstung kommen. Und erhängen kann sie sich auch nicht. Das hält kein Balken aus.

Gitti hat nicht im Mindesten das Gefühl, gemein zu sein.

Sie will die Wohnung! Und jetzt flüstert sie es sogar leise: »Die Qualle muss da raus!« Gitti wischt sich Seife aus dem rechten Auge.

Fräulein Hettgen hat Blumenblätter auf der Treppe gefunden. Blätter von Blumen, die bis zum Mittag in dem kleinen Vorgarten gestanden haben, um den sie sich hingebungsvoll kümmert. Sie stiefelt ebenfalls wütend in das Dachgeschoss hinauf, immer der Spur der Blumen folgend. Bis vor die Tür der Qualle, wo schon Theo tobt. Es kann ja alles so einfach sein, denkt Gitti.

Nur bei dem Studenten hat ihr nichts Richtiges einfallen wollen.

Aber der mischt sich jetzt von selbst ein. Sie hört undeutlich seine schläfrige Stimme: »Das Bafög will mir die Schlampe streichen lassen! Muss man sich mal vorstellen!«

Gitti kann ihr Glück kaum fassen.

Das Handy der Qualle macht ununterbrochen Musik, Frau Fortkamp zetert und hustet aus dem Fenster, Theo hämmert gegen die Tür, Fräulein Hettgen kreischt, Dr. Knorrek krächzt wütend, die Tröschers toben, und der Student grölt gehässige Gemeinheiten.

Das hält die nicht aus, denkt Gitti, guckt zur Decke und träumt davon, bald schon eine Etage höher in der Wanne zu liegen.

Der Lärm ist enorm. Fast zwanzig Minuten geht das jetzt schon so. Immer mehr laute Töne haben sich nach und nach zu einem kakophonischen Konzert zusammengefunden. Man hört gar nicht mehr das Wimmern der Qualle. Vielleicht hat sie sich ja sogar schon etwas angetan. Hat Tabletten genommen oder sich die Pulsadern aufgeschlitzt. Womöglich ist morgen schon die Wohnung frei für sie!

Als Gitti den Fleck auf der Raufasertapete entdeckt, ist es eigentlich schon zu spät. Unbemerkt hat er sich mehr und mehr ausgebreitet, hat um sich gegriffen und ist dunkler und dunkler geworden. Ein paar Tropfen fallen jetzt platschend aus großer Höhe in ihr Badewasser. Es werden immer mehr. Ein kleiner Regen geht schließlich nieder. Gitti ist wie gelähmt und kann nicht begreifen, dass sie eigentlich aus der Wanne flüchten müsste, um noch irgendeine Chance zu haben. Sie starrt nach oben und stellt sich vor, dass dort eine Wanne überläuft. Eine große, wuchtige Wanne aus Metall, in der ein unfassbar schwerer, lebloser Körper liegt.

Tapetenfetzen lösen sich schmatzend und trudeln träge herunter. Der Stuck bekommt Risse und poltert in großen Brocken herab. Durch den empörten Lärm ringsum kämpft sich ein bösartiges Knarren. Ein hässliches Quietschen verdrängt alle Stimmen, ein Knistern schwillt jetzt mehr und mehr an, sodass alles andere dahinter verstummt.

Das gewaltige, explosionsartige Krachen ertönt genau im selben Moment, in dem das tonnenschwere Gewicht auf Gitti herunterdonnert und sie mit unbarmherziger Gewalt zermalmt.

Immerhin hat ihr Plan funktioniert. Die Qualle ist oben raus.

Erdbeeren

Sie mag eigentlich keine Erdbeeren. Jedenfalls macht sie nicht so ein Gedöns um die leuchtend roten Früchte in den grauen Pappschalen, wie die Kunden, die aus ihren Autos steigen, das Portemonnaie zücken und immer einen großen Tanz aufführen, ob die Schalen auch alle gleich gefüllt sind, ob es da Druckstellen gibt, oder ob die Früchte zu groß oder zu mickrig sind.

Erdbeeren sind Obst, und Obst ist ihr schon immer egal gewesen. Wenn man es schälen muss, ist Obst sogar echt lästig.

Der Verkaufsstand steht in der Spätnachmittagshitze in einer Haltebucht zwischen Hellenthal und Schleiden. Der Asphalt glüht, und selbst in ihrer Holzbude ist es stickig. Bullenhitze, Abgase und dummes Gequassel, genau mein Ding, denkt sie fast jeden Tag.

Der Feierabendverkehr ebbt langsam ab, und nur noch wenige Leute halten an, um Erdbeeren mit nach Hause zu nehmen. Viel zu tun hat sie jetzt nicht mehr.

Nee, nee, ich werde jetzt nicht noch die faulen, matschigen Dinger rausfummeln, denkt sie. Den Schimmelgestank kann sie überhaupt nicht vertragen, und das übrig gebliebene Zeug fliegt sowieso in den Müll. Morgen früh wird der Chef neue Ware bringen.

In der letzten Viertelstunde haben nur noch zwei Fernfahrer angehalten, von denen einer sie sogar angemacht hat. Das passiert immer mal wieder. Sie steht hier im knappen Top mit Spaghettiträgern und Shorts, aber hier gibt es Erdbeeren, sonst nichts. Und die Typen sehen meistens aus wie die letzten Henker. Der hier hat sie allen Ernstes gefragt, wie viel sie verdient und hat ihr vorgerechnet, welcher Stundenlohn für sie rausspringt, wenn sie mal kurz mit ihm in sein Führerhaus klettert.

»Schönen Gruß an die Frau Gemahlin!«, hat sie ihm hinterhergerufen, als er dann mit seinem Schälchen Erdbeeren abgedackelt ist. Sie hat ihm den letzten zerdellerten Mist angedreht. Selber schuld, Arschloch. Sie steigt zu keinem ins Auto, auch wenn es ihr Traummann wäre. Man kann nicht vorsichtig genug sein.

Sie hat mal angefangen Apothekerin zu lernen, hat aber abgebrochen, als sie mit achtzehn zum ersten Mal schwanger wurde. Wurde aber nix draus. Zwei Jahre später geheiratet, wieder schwanger. Diesmal hat sie das Kind großgezogen, einen Jungen, der vor zwei Jahren mit sechzehn aus der Eifel abgehauen ist, zu seinem Vater nach München. Ihre Wohnung in Blumenthal ist ein Loch, und sie würde auch gerne abhauen, aber dafür reicht die Kohle vorne und hinten nicht.

Beim Job in der Bäckerei hat sie sich wenigstens zwischendurch immer mal ein paar Teilchen reinschieben können, und damals am Hähnchenwagen fiel auch nicht auf, wenn mal einer von den Flattermännern fehlte, aber hier ... Erdbeeren bis zum Kotzen, nee danke.

Sie denkt gerade, dass der Tag nicht gut gelaufen ist, und dass sich jetzt wohl nichts mehr tun wird, als der Alte mit dem Käppi auftaucht. Der ist ihr jetzt schon seit zwei Wochen aufgefallen. Kommt alle drei, vier Tage mit seinem ollen dunkelblauen Corsa an und holt was »für nach dem Abendessen«. Kichert viel, macht aber keine blöden Witze, zickt nicht rum bei den Erdbeeren und lässt ihr meistens die Kupfermünzen liegen.

Er trägt eine beige Hose mit kurzen Beinen, weiße Socken und Sandalen, dazu ein blassblau kariertes Hemd mit kurzen Armen. Rentneruniform. Und das bunte Hütchen ist aus Frotteestoff. Seine Brille hat dicke Gläser, und sie hat noch nicht rausgefunden, ob sie seine Augen größer oder kleiner aussehen lässt. Findet sie immer schwer, sich Augen ohne die Brille vorzustellen.

»Guten Abend«, sagt er fröhlich und tippt sich schelmisch an die Krempe seines Käppis. »Das sieht ja so aus, als wäre da noch was für nach dem Abendessen übrig.« Er hat mindestens zehn Varianten von diesem Spruch. Aber sie will nicht ungerecht sein. Er ist nett, und so einen wie ihn hätte sie als Kind gerne zum Opa gehabt. Für ihn lächelt sie sogar. Vorige Woche hat er ihr ein Foto von einer jungen Frau mit einer Gänseblümchenkette im Haar gezeigt. »Sie haben dasselbe Lachen wie unsere Manuela.« Stimmt gar nicht, aber das sagt sie ihm natürlich nicht. Haarfarbe und Augen und so hauen hin, aber sie hat viel bessere Zähne als die.

Und die zeigt sie ihm jetzt. »Ach, guten Abend, wie schön! Irgendwie hab ich gewusst, dass Sie heute noch kommen.«

»Jaja, meine Frau hat mich noch mal hergeschickt«, sagt er mit einem verlegenen Kichern. »Gestern habe ich es auch schon mal vergessen. Aber heute will sie unbedingt noch mal Erdbeeren, bevor die Zeit wieder zu Ende ist. Ich weiß gar nicht, wie sie es mit so einem Schussel wie mir aushält.« Er blickt suchend über die restliche Ware. Das sieht alles nicht mehr sehr überzeugend aus.

»Für Sie habe ich ein paar besonders leckere beiseite gestellt«, sagt sie und greift unter die Theke.

Ja, er wird sie kriegen! Eigentlich ist er ideal. Garantiert wohnt er ganz in der Nähe, und jemand Besseres wird heute sowieso nicht mehr kommen.

Seine Augen hinter den Brillengläsern leuchten, als er die Schale entgegennimmt. »Oh, wie wunderbar. Die sehen ja prächtig aus!«, haucht er.

»Extra für Sie und Ihre Frau.«

»Die wird sich freuen!« Er legt ihr fünf Euro hin. »Stimmt so.« Dann verabschiedet er sich mit einem zufriedenen Nicken.

Jetzt muss es schnell gehen. Er ist alt und bewegt sich langsam. Während er die Erdbeeren umständlich in seinem Auto verstaut, schließt sie hastig die Klappe der Verkaufsbude. Eigentlich muss sie noch knapp zwanzig Minuten arbeiten, aber selbst wenn der Chef das irgendwie merken sollte, wird er ihr keine Frechheiten machen. Für den Hungerlohn kriegt er sowieso kein Personal.

Das Vorhängeschloss schnappt ein, der Schlüssel wandert in ihren kleinen Rucksack, und mit ein paar schnellen Schritten ist sie bei ihrem Auto. Der mintgrüne Mitsubishi springt manchmal schlecht an, aber heute gibt es Gott sei Dank keine Probleme.

Läuft alles wie am Schnürchen. Und sie verbietet sich, zu denken: Fast ein bisschen zu glatt. Sie hat eben einfach mal Glück … obwohl, nein, sie hat es einfach gut vorbereitet. Sie hat die günstige Gelegenheit beim Schopf gepackt. Muss man auch erst mal können.

Der Alte hat seinen Corsa mühsam in den Verkehr in Richtung Schleiden eingefädelt und im Nu vier Autos hinter sich, in denen die Fahrer jetzt bestimmt fluchen, weil es keine Gelegenheit gibt, zu überholen. Der wird ihr nicht wegfahren.

Mitten in Schleiden wird er noch langsamer, obwohl das fast schon gar nicht mehr geht. Dann biegt er links ab und fährt den Berg rauf. Es fällt ihr schwer, den Abstand groß genug zu halten. Das Verkehrsschild weist in Richtung Bronsfeld. Da ist sie noch nie gewesen. Sie kennt auch keinen, der da wohnt, obwohl man in der Eifel irgendwie immer irgendwen kennt, der in irgendeinem Kaff wohnt. Es geht über Serpentinen den Berg rauf, bis sie schließlich auf der Höhe den Ort erreichen.

Groß ist das Dorf nicht. Irgendwann, als der Ortsausgang schon wieder in Sicht ist, biegt er unvermittelt rechts ab. Sie nagt an der Unterlippe. Jetzt keinen Fehler machen! Es ist an der Zeit, den Wagen irgendwo abzustellen und zu Fuß zu gehen. Sie fährt noch etwa hundert Meter weiter geradeaus, passiert das Ortsschild und lenkt den Wagen rechts in einen Feldweg. Geschützt von einer großen Weißdornhecke fällt er kaum auf.

Als sie zurückgeht, wärmt die Abendsonne ihre nackten Schultern.

Sie findet sein Auto gleich. Es steht in der offenen Garage neben einem überaus langweilig aussehenden kleinen, eingeschossigen Häuschen. Zwischen genau so langweilig aussehenden Blumen stehen ein Gartenzwerg in Jägerkluft und ein Rehlein. Sehen auch beide gelangweilt aus. So sehr, dass ihnen überall die Farbe abblättert. Alles an dem Haus und am Vorgarten ist gepflegt und akkurat arrangiert, atmet aber unverkennbar den schalen Mief der Fünfziger.

Als der Alte plötzlich aus der Haustür kommt und laut mit jemandem im Hintergrund spricht, verbirgt sie sich rasch hinter einem Sommerflieder. Er schließt das Garagentor und geht wieder ins Haus. Sie hört gerade noch Geschirr klappern, bevor sich die Tür mit der Aluminiumfassung hinter ihm wieder schließt.

Geschirr ist gut. Abendessen. Sie hat keine Lust, die halbe Nacht hier zu verplempern.

Es gibt daneben noch zwei weitere Häuser, bevor die kleine Straße in einen unbefestigten Wirtschaftsweg übergeht.

Garantiert kann ich mich von hinten anschleichen, denkt sie. Die Gärten werden an die Felder und Wiesen grenzen. Und genau so ist es. Irgendwo in der Ferne knattert ein Trecker. Die Wiese ist abgemäht, und drei Greifvögel ziehen ihre Kreise und spähen, ob sie im stoppelkurzen Gras Beute machen können.

Beim Garten kann sie sich nicht vertun. Sie zählt ab. Eins, zwei, drei … Ja, das ist er. Zwischen Dahlien und Hortensien entdeckt sie die Verwandten von Jäger und Rehlein: Ein Zwerg mit Mandoline und einer mit Schubkarre. Beide haben üble Hautprobleme.

Sie steigt fast mühelos über den niedrigen Jägerzaun und pirscht sich vorsichtig näher ans Haus heran.

Das Geschirrklappern kommt unter einem Vordach mit hässlichen gelben Wellplatten hervor. Leise Gesprächsfetzen, Lachen. Als sie sich ein wenig vorbeugt, kann sie jetzt auch die Frau sehen. Ein rundes Gesicht mit Brille und roten Bäckchen, dunkel gefärbte, kleine Löckchen, fleischige

Oberarme. Ja, die passt, die sieht freundlich aus. Gegen so eine als Oma hätte sie auch nichts einzuwenden gehabt.

Sie sucht sich einen Platz, an dem sie warten kann, bis das Abendessen vorüber ist. Von jetzt an muss sie sich auf ihr Gehör verlassen. Diese Nummer kann sie nur im Sommer durchziehen, wenn überall die Terrassentüren offenstehen. Von der Unterhaltung versteht sie so gut wie nichts. Nur das Wort »Erdbeeren« glaubt sie irgendwann herauszuhören. Alles wird glatt laufen. Das Zeug wirkt schnell, in etwa zehn bis fünfzehn Minuten. Wenn es still wird, kann sie gleich loslegen.

Sie schließt die Augen und lauscht. Die Abendsonne hat immer noch viel Energie, ein Windhauch prickelt auf ihrer Haut. An den Haarwurzeln spürt sie, wie sich ein zarter Schweißfilm ausbreitet.

Die Geräusche im Hintergrund wirken einschläfernd.

Wach bleiben, ermahnt sie sich. Penn hier jetzt bloß nicht ein, sonst war alles umsonst. Kann ja nicht ewig dauern.

Sie denkt an die K.o.-Tropfen und daran, als sie zum ersten Mal schwanger wurde. Es war verdammt gut, dass sie es verloren hatte, denn wahrscheinlich hätte sie nie den Mut aufgebracht, es wegmachen zu lassen.

»Hätte mir damals einer sagen sollen, dass ich das Dreckszeug selber mal benutze«, murmelt sie leise. Erdbeeren sind gut dafür, starker Eigengeschmack, ordentlich Zucker. Bei alten Leuten ist der Geschmackssinn sowieso nicht mehr so richtig taufrisch.

Zwei Krähen legen sich mit den Greifvögeln an, und sie schaut fasziniert zu. Immer nur Kampf. Kampf um alles, immer.

Fast hätte sie nicht bemerkt, dass irgendwann unter dem gelben Plastikdach Ruhe eingekehrt ist. Sie guckt auf ihr Handy. Halb acht, geht doch.

Als sie zum Haus schleicht, ist sie vorsichtig. Verdammt vorsichtig. Da ist nämlich auch schon mal was schiefgelaufen. Manchmal schweigen sich alte Ehepaare auch einfach nur an und sitzen doof rum.

Aber die zwei hier sind definitiv weggetreten. Die Hände über den Bäuchen gefaltet, Kinn auf der Brust, Geschirr, Butter, Wurstteller, Gläser, kleine Vase mit Feldblumen, alles steht noch da. Der Atem geht bei beiden ruhig, sie schnarcht ein bisschen.

Na, dann schlaft mal schön, ihr zwei.

Sie dosiert immer sehr vorsichtig. Soll ja keiner krepieren. Manchmal denkt sie, dass die vielleicht gar nicht mitkriegen, dass sie einfach mal für zwei, drei Stunden das Licht ausgeknipst gekriegt haben. Die paar Monate in der Apotheke waren keine schlechte Grundausbildung gewesen.

An der Sitzgruppe vorbei schlüpft sie ins Wohnzimmer, dessen Einrichtung das Versprechen hält, das das Haus von außen gegeben hat. Voll die Fünfziger. Schrankwand in Eiche brutal, Tapete aus dem Millowitsch-Theater, Topfblumen, Makramee-Eule, alles vorhanden. Sie zieht die Einweghandschuhe über.

Das Portemonnaie des Alten liegt neben dem Autoschlüssel auf dem Esstisch. Dreißig Euro. Das hat sie vorhin schon gesehen. Dreißig lohnen den Aufwand nicht, da muss noch mehr sein.

Sie hat im Laufe der Zeit ein untrügliches Gespür für Geldverstecke entwickelt. Schatullen, Kaffeekannen, hohle Porzellanfigürchen. Hier gibt es eine ganze Wagenladung von dem Schrott. Routiniert fingert sie sich durch die Dekorationshölle, dreht alles um, positioniert alles wieder genau so, wie es vorher da stand, aber da ist nichts, nicht mal ein paar Staubkörnchen.

Auf dem Sideboard steht dasselbe Bild von der Tochter, das der Alte ihr gezeigt hat. Manuela, größer, gerahmt. Die Farben sind leicht verschossen, das Kleid, das das Mädchen trägt, sieht nach Achtzigern aus. Sie müsste jetzt Mitte fünfzig sein.

Kaffeekanne, Porzellanschweinchen, Holzschatulle.

Muschelkästchen, Perlmuttväschen, Lourdes-Madonna. Nichts.

Hinter den Bildern braucht sie hier nicht zu suchen. Die haben garantiert keinen Einbausafe.

Ein kurzer Blick auf die Terrasse, bevor sie den Raum wechselt. Der dicken Oma ist ein Arm vom Schoß gerutscht, sie hängt schief in ihrem Klappstuhl, ihr Mund steht halb offen. Der Mann schmatzt leise im Schlaf.

In der Küche ist alles akkurat sortiert. Nützt aber nichts, denn weder zwischen den dreißig Gewürzdöschen noch in der Schublade mit den Geschirrtüchern oder zwischen den Kochtöpfen ist etwas zu finden.

Badezimmer – fliederfarbene Frotteeorgie.

Schlafzimmer – *fifty shades of Kackbraun*.

An der Garderobe hängt das bunte Hütchen, und gleich daneben führt eine Treppe ins Kellergeschoss. So was reizt sie ja immer. Sie möchte am liebsten auch gleich die hellgrauen Terrazzostufen hinuntergehen, zwingt sich aber zu einem weiteren Kontrollblick. Am

Abendbrottisch ist alles unverändert. Nur ein paar Wespen amüsieren sich jetzt auf dem Wurstteller.

Also los, runter in den Keller.

Manche haben einen Hobbyraum, Jäger verwahren ihre Waffen im abschließbaren Gewehrschrank. Im Keller findet sie häufig das, was sie sucht. Manchmal im Vorratsraum. Sie schiebt die erste Tür auf: Ha, Vorratsraum! Es ist kühl und riecht nach Kartoffeln und Einmachgummis. Mannomann, die beiden wird aber weder ein Atomkrieg noch eine Hungersnot in die Knie zwingen. Sie seufzt laut und fingert sich dann systematisch durch die Regale. Obst, Gemüse, Fleisch … Gibt es denn gar nichts, was man nicht einmachen kann? In einer Ecke des Raumes stapelt sich Klopapier, in einer anderen Sprudelwasserkästen. Die Kühltruhe öffnet sie natürlich auch, zieht die Schubfächer aber eher beiläufig auf und tastet nur hier und da ein wenig zwischen Rahmspinat, Bratwurst und Fürst-Pückler-Eis herum. Nein, die sind keine Gefrierschrank-Verstecker.

Der nächste Raum ist noch kleiner und wird fast zur Gänze von der Heizungsanlage ausgefüllt.

Und dann ist da schließlich eine verschlossene Metalltür. Wenn sich bis hierhin die Enttäuschung mehr und mehr in den Vordergrund gedrängt hat, glimmt doch in dem Moment, in dem sie vergeblich an dem Türgriff aus schwarzem Kunststoff rappelt, ein Fünkchen Hoffnung auf.

Hoppla, was haben wir denn hier?

Während sie die Treppe hochläuft, zwei Stufen auf einmal nehmend, denkt sie an den Hobbykeller, an die Kellerbar, an den Tischtennisraum … all diese Dinge hat sie schon vorgefunden. Hier gibt es was zu holen! Das murmelt sie wie ein Mantra vor sich her, während sie den Schlüsselbund vom Esszimmertisch holt. Hier gibt es was zu holen. Hier gibt es was zu holen.

Bis sie schließlich wieder vor der blassgrünen Feuerschutztür steht und beginnt, die Schlüssel auszuprobieren. Es rappelt und klimpert, aber ein Blick auf das Handy zeigt ihr, dass sie theoretisch noch mindestens zwei Stunden Zeit hat. Ausgereizt hat sie das noch nie, aber …

Der sechste Schlüssel. Na also!

Die Tür quietscht nicht, ist gut geölt und wird oft benutzt. Sie tastet nach dem Lichtschalter. Ein klobiger Aufputz-Kippschalter aus Kunststoff. Bevor das Licht angeht, nimmt sie den Geruch wahr: Abgestandene Kellerluft, eingesperrte Feuchtigkeit, chlorhaltiges Reinigungsmittel, und über allem der frische, süßliche Duft von …

Im schwachen Licht der Kellerdeckenlampe erkennt sie eine Schrankwand aus weißem Resopal mit roten Türen und Schubladenverkleidungen. Überall kleben kleine bunte Sticker. Sie kennt sie noch. Hanuta oder Duplo, sie erinnert sich noch gut. Da sind mehrere Pferdeposter an den kahlen, weißen Kellerwänden und ein Starschnitt von Tommy Ohrner. Der war zu ihrer Zeit schon längst wieder out. Zaghaft macht sie ein paar Schritte in den Raum hinein, um besser sehen zu können.

Ein Bett, passend zur Schrankwand, mit einem riesigen, galoppierenden Pferd auf dem Plümo. Ein Kinderschreibtisch mit Kunststoffauflage und einem Stiftebehälter aus grellorangem Plastik.

Der Duft, der hier nicht hineinpasst dringt jetzt unglaublich intensiv in ihr Bewusstsein.

… Erdbeeren?

Eine kleine Schüssel mit geputzten, halbierten und gezuckerten Erdbeeren steht mitten auf einem runden Holztisch, direkt vor ihr. Das Licht der Deckenlampe wird von den glänzenden Früchten reflektiert.

Daneben ein Dessertschüsselchen aus Glas, mit fein ziselierten Ornamenten, so wie ihre Großeltern früher welche hatten. Ein Löffelchen und eine Serviette mit Blümchenmuster.

Auf dem zu dem Tisch gehörigen Stuhl ist in sitzender Haltung ein Paket von der Größe eines Menschen festgebunden, ganz umhüllt von durchsichtiger Kunststofffolie, über und über umwickelt mit silbergrauem Klebeband.

Auf dem oberen Ende des Pakets erkennt sie einen Kranz aus Gänseblümchen. Sie sind noch ganz frisch. Jemand hat sie gerade erst dort positioniert. Jemand, der gerade erst die Erdbeeren auf den Tisch gestellt hat.

»Wer ist da unten?« Die Stimme des Alten dringt kaum zu ihr durch. Sie versucht, zu verstehen, was sich ihr hier bietet, aber es gelingt ihr nicht. Das Paket mit der Gänseblümchenkrone, geformt wie ein menschlicher Körper, eine neuzeitliche Mumie.

»Hallo!«, wird jetzt auch die Stimme der Frau lauter und lauter. »Wer ist da?«

Da ist etwas zu erkennen unter all den Schichten aus Kunststoff, ein wenig unterhalb der Gänseblümchenkette: zwei dunkle, nebeneinanderliegende Flecken, leere Höhlen mit unscharfen Rändern.

Sie zwingt sich wegzusehen. In die Gesichter der beiden Alten, die jetzt im Türrahmen erscheinen, mit angstvoll verkniffenen Mündern und schreckgeweiteten Augen.

Die Hände des Alten krampfen sich um den Stiel einer Grabschaufel, die Frau hält ein glänzend poliertes Küchenmesser in der erhobenen Rechten.

Und dann weichen ihre entsetzten Mienen in Sekundenschnelle einem freudigen Strahlen.

»Unsere Manuela«, sagt der alte Mann mit warmem Tonfall. »Hast du uns verziehen? Bist du endlich zu uns zurückgekommen.«

»Ich bin nicht …« Es gelingt ihr nicht, einen Satz zu formen. »Das hier ist nicht …« Sie schaut wieder zu dem Stuhl mit der verhüllten Gestalt hinüber.

»Du musst uns nichts erklären«, sagt die alte Frau sanft. »Hauptsache, du bist wieder da. Papa und Mama freuen sich so sehr. Und jetzt lassen wir dich nie wieder weggehen.«

Die Stimme des Alten hört sie ganz nah hinter sich. Da ist ein fröhliches Glucksen in der Stimme: »Wir haben extra für dich frische Erdbeeren besorgt. Die magst du doch so sehr.«

Jösefje

Der alte Eifeler Bauer liegt auf dem Sterbebett im Schlafzimmer. Die große Familie wechselt sich seit Tagen ab, um im letzten Moment bei ihm zu sein. Als irgendwann das kleine Jösefje an der Reihe ist, und dem schweren, stockenden Atem des Opas lauscht, hat der alte Mann plötzlich noch einmal einen lichten Moment.

Da öffnen sich zitternd die Augenlider, und die Nase, aus der sich die weißen Haare herauskräuseln, die zuckt. Das Jösefje erschreckt sich.

Der Opa schnüffelt, und dann bewegen sich plötzlich seine bläulichen Lippen, und mit dem rechten knochigen Zeigefinger winkt er das Enkelkindchen näher heran und sagt: »Hör mal, Jösefje, ich glaub, ich bin im Himmel anjekommen. Et riecht so lecker, so als hätt die Oma die leckere Appeltaat jebacken, die keiner so jut backt wie de Oma.«

Und der Kleen guckt den Opa an und lächelt unsicher und sagt: »Opa, nee, du bis noch hier auf der Erde. Dat is wirklich die frisch jebackene Appeltaat von der Oma, die hier eso jut riecht.«

Und da lächelt der Opa, und die faltige, alte Hand packt mit einem Mal nach der vom Enkelchen. »Och, hör mal, Jösefje, kannste dem Opa e Stückchen holen? Dat möchte ich so jern noch en allerletztes Mal schmecken.«

Und das Jösefje sagt: »Klar Opa, ich beeil mich!«

Das Jösefje flitzt los, lässt die Tür offenstehen und läuft die hölzernen Stufen hinunter. Und der Opa guckt derweil an die Zimmerdecke mit den weiß verputzten Balken und wartet, und nach zwei, drei Minuten, hört er, wie das Jösefje wieder polternd die Treppe hochgelaufen kommt, und er dreht den Kopf ein bisschen zur Seite, damit er das Enkelchen sehen kann.

Aber Jösefje steht da mit leeren Händen, zuckt mit den Schultern und sagt: »Tut mir leid Opa, aber die Oma hat jesacht, dat jeht net. Die Taat wär für die Beerdijung.«

Das Geständnis

Es war eine zufällige Begegnung in Saarbrücken. Natürlich hätte sie auch überall sonst stattfinden können, aber es war nun mal gerade hier, nach einem schnellen Abendessen auf dem Sankt Johanner Markt, dass mich der Mann ansprach. Ich hatte mir vor meiner bevorstehenden Lesung noch ein Häppchen gegönnt. Die Temperaturen erlaubten es erst seit ein paar Tagen, dass man am Abend noch draußen sitzen konnte. Manche meiner Autorenkollegen sind der festen Überzeugung, dass man mit vollem Bauch nicht bühnentauglich ist. Ich hatte damit noch nie Probleme. Gerade hatte ich bezahlt und war aufgestanden, hatte mir die Tasche mit meinen Texten über die Schulter gehängt, als der Mann, der schon seit einer Weile vom Brunnen zu mir herübergesehen hatte, zielstrebig auf mich zukam.

»Sie sind es doch«, sagte er und zwinkerte mir zu. »Ich war bei Ihrer Autorenlesung im Drachenwinkel.« Er hatte eine etwas zu breit geratene Nase, einen rötlichen Dreitagebart und schütteres, dunkelblondes Haar. Ich schätzte ihn auf Ende fünfzig, Anfang sechzig. Mit einem freudigen Strahlen streckte er mir die Hand entgegen. »Letztes Jahr im Herbst. Wir haben da ein Abo, wissen Sie.«

»Ein Abo?« Ich versuchte den Mann einzuordnen. Natürlich erinnerte ich mich an den Abend im Drachenwinkel, jener ganz und gar außergewöhnlichen Buchhandlung, wie man sie in einem Örtchen wie Dillingen nie vermuten würde. Ein ehemaliger Getränkemarkt, den man zum bibliophilen Gothic-Erlebnis-Tempel mit Dekoabteilung, Bar und Leselounge und allem Drum und Dran umfunktioniert hatte.

Der Mann nickte nachdrücklich. »Das Lesungs-Abo. Wir wohnen im Nachbarort von Dillingen. Also *ich* habe jetzt nur noch das Abo, und *ich* wohne im Nachbarort.« Er betonte das »ich« so, als wolle er mir eine Botschaft übermitteln. »Ihre Krimis … großartig!«

»Freut mich sehr, dass es Ihnen gefallen hat. Ich bin jetzt auch gerade auf dem Weg zu einer Lesung.« Noch war Zeit, aber ich wusste, welche Nöte die Veranstalter litten, wenn der Autor erst kurz vor der Veranstaltung auftauchte.« Ich machte ein paar zaghafte Schritte, um zu verdeutlichen, dass ich weitermusste.

Seine Hand fasste nach meinem Unterarm. »Ich verpasse keine Lesung im Drachenwinkel. Ob Fantasy, ob Krimi, das ist mir egal … es ist toll da.«

Ich konnte ihm nur zustimmen. »Ist es. Ja, ist es wirklich. Hören Sie, ich muss jetzt …«

Er wich nicht von meiner Seite und schlug dieselbe Richtung ein wie ich. Hatte ich an jenem Abend im Drachenwinkel ein Gespräch mit ihm geführt? Das konnte durchaus sein. Bei manchen Menschen erinnere ich mich an Details, bei anderen wiederum an gar nichts. Das liegt nicht mal an den Leuten. Hatten wir ein gemeinsames Thema gehabt? Hatte er sich eine besondere Signatur gewünscht? Das war immer wieder heikel. Es gab Besucher, die sich so häufig Widmungen in die Bücher schreiben ließen, dass ich mich eigentlich an ihre Namen erinnern müsste. Aber manche konnte ich mir einfach nicht merken.

»Wir hatten ein gemeinsames Abo, meine Frau und ich«, plauderte er, während er jetzt ungeniert neben mir her trabte. »Nur bei dieser Lesung war meine Frau zuhause geblieben. Sie mag keine Krimis, nur Fantasy. Zum Glück, sage ich nur, *zum Glück!*« Wieder war da eine seltsame Betonung, die mir offenbar etwas Bedeutsames signalisieren sollte.

»Zum Glück?«, fragte ich. Wenn er jetzt sowieso mit mir kam, konnte ich auch ein bisschen Smalltalk mit ihm machen.

Er grinste jetzt noch breiter. »Jahaaa, zum Glück.« Er schloss im warmen Licht der Abendsonne für einen Moment genießerisch die Augen. »Sonst wäre sie ja vielleicht vorgewarnt gewesen.«

»Vorgewarnt?«

»Na, dann hätte sie ja auch Ihre Geschichte gehört und hätte womöglich etwas geahnt.« Er steckte die Hände in die Hosentaschen und trat nach einem Steinchen. Irgendein Gedanke bereitete ihm offenbar eine diebische Freude. »Naja, jetzt gehe ich immer alleine zu den Lesungen.«

Sollte ich jetzt etwas sagen? Oder rückte er von allein mit der Sprache heraus?

Wir blieben an einer Ampel stehen, und er feixte mich unverhohlen von der Seite an.

Also täuschte ich Interesse vor und fragte: »Und warum kommt Ihre Frau nicht mehr mit?«

»Ist tot«, sagte er und spitzte die Lippen. Er zeigte auf die Ampel. »Grün.«

Verdattert blieb ich einen Moment lang stehen und folgte ihm dann. Als ich auf der anderen Straßenseite wieder auf seiner Höhe war, plauderte er weiter munter drauf los: »Ihre Krimis sind wirklich einsame Spitze. Meine Güte, da sterben ja alle wie die Fliegen. Warum passiert so was nicht meiner Frau, habe ich mich damals, an diesem Abend gefragt. Warum ist sie nicht einfach weg, still, tot? Das wäre doch schön, dachte ich mir. Und dann bin ich nach Hause gegangen und habe es genau so gemacht, wie in Ihrer Geschichte. Was nützt mir der ganze Hass, wenn ich ihn nicht in Energie umsetze, habe ich mir gedacht. Man muss was tun. Wie der Mann in Ihrer Geschichte. An dem habe ich mir dann ein Beispiel genommen.«

Die Gedanken an die vor mir liegende Lesung waren von einem Moment auf den nächsten wie weggeblasen. Ich versuchte, das was ich hörte, zu begreifen. War dieser Typ gerade im Begriff, einen Mord zu gestehen? Lief hier irgendwo eine versteckte Kamera?

»Und seitdem geht es mir wunderbar. Ich lebe ein sorgloses und zufriedenes Leben, seit meine Frau tot ist. Sie können sich nicht vorstellen, wie das ist, wenn einem so eine zentnerschwere Last von den Schultern fällt.« Er sah mich an. »Sie sind verheiratet?«

Ich nickte unsicher. »Glücklich verheiratet.«

Verkniffen nickte er. »Höre ich immer wieder. Wäre ich auch gerne gewesen.« Er zeigte auf eine Straßengabelung. »Rechts oder links?«

Ich brauchte einen Moment, um mich zu orientieren. »Ich glaube rechts.«

Wir setzten uns wieder in Bewegung.

»Wie gesagt, ich bin froh, dass ich es getan habe. Ihre Geschichte hat mir gezeigt, wie man's machen muss. Zuerst dachte ich: Mannomann, ganz schön brutal, aber als ich erst mal dran war, ging's dann.«

Jetzt hielt ich es nicht länger aus. Dieser Kerl war vollkommen irre. Ich blieb stehen und sah ihn intensiv an, versuchte, in seine Gedankenwelt vorzudringen. »Wollen Sie allen Ernstes behaupten …« Ich sah mich kurz nach den anderen Passanten um und senkte die Stimme. »… Sie hätten Ihre Frau umgebracht?«

Er nickte heftig und kicherte. »Ich habe natürlich keinem was verraten, und keiner weiß, dass ich es war, der sie … also der mit ihr all das … also der diese schrecklichen Sachen mit ihr gemacht hat. Aber Ihnen kann ich so was doch erzählen, nicht wahr?«

»Sie erlauben sich einen Scherz mit mir.«

Er hatte eine feixende Miene aufgesetzt und schüttelte den Kopf.

Ich war fassungslos. »Damit macht man keine Witze.«

»Mache ich ja auch nicht.« Er grinste immer breiter.

Es kostete mich Überwindung, ruhig zu bleiben. »Ich bin Krimiautor, ich denke mir diese Dinge aus! Sie glauben doch nicht ernsthaft, dass ich Verständnis aufbringen kann für …«

»Och, jetzt aber«, fiel er mir ins Wort und knuffte mich leicht gegen die rechte Schulter. »Bei den grausigen Details, mit denen Sie das immer alles so schildern.«

Ich schnappte nach Luft. »Details? Welche Details?«

»Die Folter, die Qualen …«

»Folter?«

Er unterdrückte mühsam ein Prusten. Dabei musste er die Lippen fest aufeinanderpressen und schnaufte durch die Nasenlöcher.

»Qualen?«

»Ja, erst die Folter, dann die Qualen. Sie haben's drauf. Toll. Voll Psycho.«

Ich atmete tief durch und hob beschwichtigend die Hände. »Ja, gut, ich schreibe Kriminalgeschichten, in denen Leute ermordet werden. Aber das ist doch immer völlig abstrakt. Meistens … meistens … da geht das Zack, Bumm, und dann sind sie einfach tot. Es wird geschossen, dann wird mal zugestochen … ja, gut, ein bisschen Blut, ein Schrei … aber ich schildere doch keine Details!«

Er schloss die Augen und kicherte. »Ja, ja, schon klar.«

»Bei mir sollen die Leute lachen!«

»Lachen!« Seine Schultern zitterten zu einem lautlosen Heiterkeitsanfall. »Beim Thriller, nee, sicher.«

»Thriller?«

»Ja, Thriller. Sie schreiben doch Thriller. Psychothriller.«

»Thriller – das ist ein ganz anderes Genre. Da geht es um nervenzerfetzende Spannung. Da ist Gewalt mit im Spiel, Brutalität …«

Er nickte heftig.

»… da kommen unter Umständen Folter und Qualen …«

»Sag ich ja, sag ich ja!«

»Aber doch nicht bei mir!«, platzte es lauter aus mir heraus, als beabsichtigt.

Ein paar Leute wandten uns die Köpfe zu. Ich spürte, dass meine Wangen und Ohren erhitzt waren. Sicher hatte ich einen roten Kopf.

»Bei mir gibt es das nicht. Und ich habe Ihnen auch nicht so etwas vorgelesen.«

»Doch, im Drachenwinkel.«

»Nein!«

»Hören Sie mal, ich erinnere mich doch ganz …« Er verstummte plötzlich. Dann sanken seine Mundwinkel langsam nach unten, und in seinen Augen machte sich ein matter Glanz der Verständnislosigkeit breit. Er sah jetzt ein bisschen aus wie ein Kind, dem man soeben verraten hatte, dass der Weihnachtsmann eine Erfindung war, und das versuchte, die innere Gefühlswelt halbwegs in Ordnung zu bringen.

»Aber im Drachenwinkel, da haben Sie doch ...«, sagte er leise.

Ich schüttelte stumm den Kopf.

Ein paar Minuten standen wir da und starrten einander an. Der Lärm des Straßenverkehrs, die Schritte und Stimmen der Menschen um uns herum, all das verschwomm zu einem langsam rotierenden Wirbel aus Tönen und Farben.

Und schließlich krochen seine Mundwinkel langsam wieder nach oben und formten ein Lächeln. Ein breites Lächeln. Eigentlich ein Grinsen, weil zwischen den Lippen jetzt auch die Zähne sichtbar wurden. Ein Grinsen, das andeutete, dass er mir jetzt gleich erklären würde, sich einen Witz auf meine Kosten erlaubt zu haben.

Er würde etwas sagen wie »Reingefallen!« oder »April, April!«, er würde sagen, dass ich ihm ganz schön auf den Leim gegangen war.

Aber stattdessen sagte er: »Ach, dann war das der andere!«

Jetzt musste ich wohl so ähnlich gucken, wie er noch wenige Minuten zuvor, denn er legte mir lachend die Hand auf die Schulter. »Ich hab mich vertan. Voll vertan! Ich bin ja so ein Schussel!«

»Aber Ihre Frau, die ...«

Er wedelte mit der Hand. »Stimmt alles, stimmt alles, keine Sorge. Ich erzähle Ihnen doch hier keinen vom

Pferd!« Er lachte immer lauter und wischte sich die Tränen aus den Augenwinkeln. »Oh Mann, ich Idiot! Sie sind der Lustige! Der andere, der Dings … na, der … also der andere, der ist der spannende, der grausame, der mit den Psychosachen!«

»Der Andere?«

Er legte die Stirn in Falten. »Wrobel … Hobel … Bei den vielen Veranstaltungen im Drachenwinkel kann man ja schon mal durcheinanderkommen. Wie heißt der noch mal? Knobel …. Zobel …«

»Strobel? Arno Strobel?«

»Genau!«, brüllte er und schlug mir auf die Schulter. »Ja, genau, der Strobel! Jungejunge, wenn ich dem das erzähle! Klar, Meister, mit Ihren Geschichten wäre ich da wirklich nicht weit gekommen. Die sind ja viel zu lustig. Da hätte ich die Alte doch für den Rest des Lebens am Hals. Der Strobel war's, der Strobel. Der Strobel, der schreibt die richtig schlimmen Sachen Wie konnte ich mich da nur so vertun?«

Der Mann fasste jetzt meine Rechte mit beiden Händen und schüttelte sie heftig. »Also, nichts für ungut. Vergessen Sie's einfach. Ihre Geschichten find ich trotzdem toll. Nur eben zu lustig für so was. Ich wünsche Ihnen noch einen schönen Abend! Und bringen Sie die Leute ordentlich zum Lachen!«

Dann wandte er sich um, lief, immer noch lachend, trotz der roten Ampel über die Straße, wich dabei zwei hupenden Autos aus, wandte sich zwischendurch noch einmal um und winkte mir zu und wurde dann irgendwann von der Menschenmenge verschluckt.

Ich war das nicht!

Wenn jemanden der Tod ereilt
Wenn er in einem Schrank verweilt
Ganz ohne Sauerstoff und Licht …
– Ich war das nicht!

Wenn einer tot im Wasser treibt
Und an der Boje hängenbleibt.
Um ihn herum tobt wild die Gischt …
– Ich war das nicht!

Wenn eine Frau zu Tale saust
Mit schrillem Schrei, das Haar zerzaust
Und ihr kurz drauf das Rückgrat bricht …
– Ich war das nicht!

Wenn jemand kriegt den Kopf zum Spaß
Gesteckt ins Ofenrohr voll Gas
Dann hat es ihn ganz schnell erwischt …
– Ich war das nicht!

Wenn plötzlich der Polier verschwindet,
Ihn keiner seiner Maurer findet,
In dem Beton, frisch angemischt …
– Ich war das nicht!

Wenn man vom Fleisch euphorisiert,
Von Wurst und Schinken animiert
Voll Lust die Metzgerin ersticht …
– Ich war das nicht!

Wenn man am Kabel voller Strom
Voll Watt, Ampère, voll Volt und Ohm
Kriegt einen volles Rohr gewischt …
– Ich war das nicht!

Wenn jemand in der Kühlung liegt
In Frost und Eis Gefrierbrand kriegt
Und mehr als nötig wurd erfrischt …
– Ich war das nicht!

Wenn eine Frau, weiß wie die Wand
Stirbt, weil sie falsche Pilze fand,
Und sich kurz vorher noch erbricht …
– Ich war das nicht!

Wenn an der Zielscheibe ein Mann
Den Pfeil nicht mehr rausziehen kann,
Weil noch einer auf ihn zuzischt …
– Ich war das nicht!

Wenn die Weinkönigin am Morgen
Nach einer Nacht voll Gram und Sorgen
Wird leblos aus dem Most gefischt …
– Ich war das nicht!

Wenn einem kurz nach der Genesung
Trotzdem schon bald droht die Verwesung
Weil ihn der Schlag der Axt erwischt …
– Ich war das nicht!

Wenn einer nach der Kneipentour
Mit Absicht auf der Fahrradspur
Wird überrollt, sternhageldicht …
– Ich war das nicht!

Wenn eine Frau, lebensversichert
Von ihren Erben wird bekichert,
Weil früh das Lebenslicht erlischt …
– Ich war das nicht!

Wenn ein Gourmet mit dem Gesicht
Vergiftet kippt in das Gericht,
Was man ihm grade aufgetischt …
– Ich war das nicht!

Besuch von Bobo

Während Ole und Ilvy ihre selbstgebastelten Girlanden aus goldenem Glanzpapier über alles drüberhängten, was sie im Wohnzimmer mit ihren kurzen Kinderärmchen erreichen konnten, lehnte Paul im Türrahmen und sah ihnen dabei zu. Das warme Gefühl, das ihn bis in die Fingerspitzen durchströmte, würde nie wieder verschwinden, das erschien mir in diesem Augenblick als unumstößliche Gewissheit. Kirsten schlang von hinten die Arme um ihn.

»Ist es das, was du dir immer gewünscht hast?«, flüsterte sie sanft.

»Es ist das, was sich jeder Mann wünscht«, sagte er lächelnd, ohne den Blick von den Zwillingen abzuwenden. Auch das schien ihm in diesem Moment wie ein unabänderliches Naturgesetz.

Sie gab ihm einen Kuss in den Nacken. Schon den ganzen Tag spielte das Radio im Esszimmer Weihnachtsmusik. Knabenchöre wechselten sich ab mit Schlagersängerinnen, deutsche Texte folgten auf englische, und die Botschaft war doch immer dieselbe: Friede, Freude, Herzenswärme …

Es läutete an der Haustür.

Die Köpfe der Kinder flogen herum.

»Jetzt schon?«, rief Ilvy. »Kommt es jetzt schon? Das Christkind?«

»Nein, erst übermorgen. Übermorgen ist Weihnachten!«, protestierte Ole. »Erst, wenn der Weihnachtsbaum da ist! Und dann kommt der Weihnachtsmann, nicht das Christkind!«

»Das Christkind!«

»Der Weihnachtsmann!«

»Sicher die alte Partsch«, raunte Kirsten. »Irgendwas ist wieder.«

»Immer ist was«, seufzte Paul. »Ich schaue nach.«

Wer mit einer Nachbarin wie Frau Partsch geschlagen war, der wusste, dass täglich neuer Zwist lauerte.

»Hiergeblieben, Kinder«, hörte er Kirstens Stimme von hinten. »Erst wird aufgeräumt.«

Paul öffnete die Haustür.

Auf dem Treppenabsatz stand eine Gestalt.

Es war nicht Frau Partsch aus dem Nachbarhaus. Sondern ein dicker Mann mit breiten Schultern in einem langen Mantel. Mit einem buschigen Bart und Strickmütze.

»Paul?«, sagte der Mann. »Meine Güte, du kriegst ja eine Glatze!«

Er erkannte die dunkle Stimme sofort. Und auch das kollernde Lachen, das nun folgte. »Bobo«, sagte er tonlos. »Bobo, echt du?«

Der dicke Mann schlang die Arme um ihn. Es fühlte sich völlig anders an als Kirstens Umarmung. Paul blieb beinahe die Luft weg.

»Der Weihnachtsmann!«, quiekte Ilvy.

Und Ole rief aufgeregt: »Mama, komm schnell, der Weihnachtsmann drückt den Papa kaputt!«

Als Kirsten in den Flur kam, lachte der Besucher dröhnend. »Der Weihnachtsmann? Ich?« Er winkte den Kindern einladend zu. »Der Weihnachtsmann kommt doch erst übermorgen! Aber ich habe euch trotzdem was mitgebracht. Kommt mal her!« Er kramte in den Taschen seines Mantels und präsentierte ein paar buntverpackte Schokoriegel.

Kirsten hob fragend die Augenbrauen, als sie ihren Mann ansah.

»Das, mein Schatz, ist mein alter Freund Bobo.«

* * *

Als die Kinder im Bett waren, entkorkte Paul in der Küche eine Flasche Wein, während seine Frau das Geschirr in die Spülmaschine räumte.

»Du hast mir nie von einem Freund namens Bobo erzählt.«

»Er ist vor vielen Jahren nach Australien ausgewandert.«

»Und erzählt Geschichten, von denen ich nicht so genau weiß, ob ich sie alle glauben soll.«

»Bobo ist ein Abenteurer. Ein Rumtreiber. Das war er schon immer. Der hat schon immer die tollsten Sachen erlebt.«

»Ich habe das Gästezimmer hergerichtet.«

»Du bist ein Schatz. Es ist ja nur für ein oder zwei Nächte. Du hast ja gehört, er ist auf der Durchreise nach München.«

Als Paul die Weingläser aus dem Schrank holte, trat Kirsten an seine Seite und legte ihre Hand auf seinen Arm. »Paul, sag mir, dieser Bobo … Er … Ist er … hat er mit den Sachen von damals zu tun?«

»Von damals?«

Sie sah ihn nur mit ernstem Blick an.

»Ach so, nein … Das mit Bobo ist länger her. Viel länger!« Er holte die Gläser hervor und achtete darauf, dass ihr Klirren seine Lüge nicht verriet.

»Paul?«

Er wandte sich zu ihr um.

Sie sagte nichts, sondern sah ihn nur durchdringend an.

»Wirklich nicht, Liebling. Diese Dinge sind Vergangenheit. Und sie bleiben es auch. Es gibt niemanden mehr mit einer Verbindung zu dieser Zeit.«

Er küsste sie. Und ahnte, dass sie ihm nicht glaubte.

Im Wohnzimmer rieb sich Bobo den prallen Bauch. »Ein richtiges Abendbrot«, grunzte er. »Wenn ihr wüsstet, wie lange ich so was schon nicht mehr gekriegt habe.«

»Es war doch nur ein Abendbrot.«

»Ja, aber mit Gürkchen, Tomätchen, Käsebrot und Wurst und hartgekochten Eiern. So ein richtiges Familienabendbrot eben! Ich meine, wo kriegt man so was denn heutzutage noch?« Bobo schlug Paul laut klatschend aufs Knie und erhob sein Glas. »Auf meinen Freund Paul. Den besten, den ich je hatte. Und auf seine wunderbare Familie!«

Sie tranken, und Bobo blickte Kirsten treuherzig an. »Paul hat es wunderbar getroffen. Ganz anders als ich.« Sein Lächeln verschwand, und er stürzte den Inhalt seines Glases herunter.

Es entstand eine peinliche Stille, bis Kirsten sich vom Sofa erhob und sagte: »Ich gucke noch nach den Zwillingen und gehe dann ins Bett.« Sie küsste ihren Mann auf die Stirn. »Die nächsten Tage werden anstrengend.«

»Ich werde euch keine Last sein«, versprach Bobo. »Fest versprochen!«

Als Kirstens Schritte auf der Treppe verklungen waren, sagte Paul mit einem eisigen Unterton: »Also, raus mit der Sprache. Warum bist du hier?«

Bobo setzte eine Unschuldsmiene auf. »Ich bin unterwegs nach München, und da …«

»Und da kommst du ausgerechnet hier vorbei? Ich brauche Dir nicht zu erklären, wie groß der Umweg ist.«

Bobo nickte mit verkniffenen Mundwinkeln. »Okay, dir muss ich nichts erzählen. Es ist so, dass ich für ein, zwei Tage von der Bildfläche verschwinden muss. An der Tanke, da ist was schiefgelaufen. Verdammt schiefgelaufen. Es ist besser, wenn ich nicht auf direktem Weg nach München fahre.«

Paul seufzte tief. »Hab ich's doch gewusst.«

»Nur ein, zwei Nächte«, beeilte sich Bobo zu sagen. »Dann bin ich wieder weg.«

Paul trank sein Glas leer. »Ausgerechnet jetzt. Ausgerechnet dann, wenn ich in Ruhe mit meiner Familie Weihnachten feiern will.« Er schüttelte den Kopf.

»Ich war so lange im Ausland, Paul. Ich kenne doch gar keinen mehr, zu dem ich … Und außerdem weißt du, warum ich als Erstes an dich gedacht habe.«

Paul blickte ihn unverwandt an. »Klar. Weiß ich. Dachte ich mir, dass du mir damit kommst.«

Bobo zuckte entschuldigend mit den Schultern. »Ich stecke echt in der Klemme, und ich dachte, wenn mir einer hilft, dann mein alter Kumpel Paul, denn immerhin habe ich dir damals in Aplerbeck …«

Paul seufzte schwer. »… das Leben gerettet. Ich weiß.«

* * *

Bobos Auto war ein alter Ford Transit, dessen Farbe Paul im Schein der Straßenlaterne nur schwer bestimmen konnte.

»Er stand an der Tanke, und der Typ hatte gerade vollgetankt. Die Gelegenheit war günstig.«

»Hast du keine eigene Karre?«

»Noch nicht, seit ich wieder in Deutschland bin.«

Paul guckte nach dem Kennzeichen. Wuppertal.

»Die Bullen haben mich verfolgt. Erst zwanzig Kilometer vor deinem Städtchen konnte ich sie abschütteln.«

»Wen? Die Polizei?«

»Ja, keine Sorge, wie gesagt, ich hab sie abgeschüttelt. Deshalb muss ich ja erst mal von der Bildfläche verschwinden. Und vor allen Dingen das Auto.«

Kopfschüttelnd umrundete Paul den Wagen. Carsten Krumbein – die Beschriftung einer Gebäudereinigung prangte leuchtend hell auf dem dunklen Lack. Auffälliger ging es kaum.

»Oh Mann, oh Mann«, murmelte Paul. »Super gemacht, Bobo.«

»Hallo! Sie wissen schon, dass Sie da nicht parken dürfen?« Die Stimme von Frau Partsch zerschnitt den Winterabend. Paul fuhr herum. Die kleine, unförmige Gestalt war wie aus dem Nichts aufgetaucht. Als sie aus dem Schatten der Sträucher heraustrat, sah man ihr teiginges Gesicht. Ihre Füße steckten in flauschigen Pantoffeln.

Bobo drehte sich blitzschnell zur Seite.

»Ach, Sie sind das«, sagte sie gedehnt, als sie Paul erkannte. Der Tonfall wurde spöttisch. »Warum schleichen Sie denn hier im Dunklen rum?«

»Hallo, Frau Partsch.« Paul rieb sich die die kalten Hände. »Wir haben überraschend Besuch bekommen. Keine Sorge, das Auto ist gleich wieder weg.«

Sie nickte nachdrücklich. »Ja, ist schon gut. Man muss ja ein bisschen aufpassen.«

Frau Partsch passte immer auf. Sie achtete auf Äste, die über die Grundstückgrenze wuchsen, auf die richtige Windrichtung beim Laubfeuer und darauf, dass die Musik nicht zu laut war.

»Es wird dieses Jahr wieder keinen Schnee zu Weihnachten geben«, sagte sie und fixierte mit ihrem Blick das Nummernschild des Autos.

»Scheint so«, murmelte Paul.

»Gut, dann gibt es auch keine Probleme mit dem Schneeräumen.« Sie verschwand wieder zwischen den Sträuchern.

Paul atmete erleichtert aus. »Los, wir müssen die Garage ausräumen.«

Bobo blickte ihn irritiert an.

»Das Auto muss verschwinden. Unser Wagen steht da vorne unterm Carport. Die Garage ist schon ewig vollgestopft mit allem möglichen Krempel.«

»Toll, dass du das für mich machst«, sagte Bobo.

Paul knurrte: »Bald sind wir quitt.«

* * *

Kurz vor zwölf hatten sie die Garage so weit leergeräumt, dass Bobo den Kombi gerade so hineinzwängen konnte.

Paul betrachtete ratlos den Berg aus Farbeimern, einem altem Fahrrad, Zeltstangen, Staubsauger, Fritteuse, Teppichresten und anderem ausgedienten Zeug, das seit dem Hauskauf vor drei Jahren hinter dem Garagentor darauf gewartet hatte, irgendwann einmal weggeschafft zu werden.

Kirsten würde am nächsten Morgen große Augen machen. Und Paul wusste, dass seine Erklärung verdammt gut sein musste, um sie davon zu überzeugen, dass hier alles mit rechten Dingen zuging.

Sie war ohnehin auf der Hut, seit Bobo aufgetaucht war.

Fast zehn Jahre lang war er mit Bobo unterwegs gewesen. Ein Bruch hier, ein Überfall da. Sie hatten häufig den Standort wechseln müssen. Paul hatte immer wieder Geld auf die Seite gelegt. Seinen Traum von einem Heim und einer kleinen Familie hatte er nie aufgegeben, auch wenn Bobo sich immer darüber lustig gemacht hatte. »Gib es aus. Leiste dir was«, hatte er gesagt. »Wir werden sowieso nicht alt. Wäre doch schade drum.« Und Bobo hatte ihm gezeigt, wie er es machen sollte. Mit Frauen, Alkohol, Autos und beim Zocken.

Immer wenn Bobos Kohle verprasst war, hatten sie das nächste Ding geplant.

Und dann hatte eines Tages dieser Wachmann in Dortmund den Helden spielen wollen. Der erste Schuss traf Paul in die Brust. Ein glatter Durchschuss. Der zweite hätte ihn unweigerlich getötet. Aber das hatte Bobo verhindert. Der Wachmann hatte keine Chance gehabt.

Danach hatte Bobo sich sechs Wochen lang um Paul gekümmert. Hatte ihn in einer armseligen Bleibe in Aplerbeck versteckt, ihn versorgt, schmierigen Ärzten Unsummen bezahlt und Paul damit am Ende das Leben gerettet.

Und schließlich war Paul endgültig ausgestiegen.

Und er hatte angefangen, das Geld auszugeben – indem er endlich seinen Traum verwirklichte.

Paul dachte nicht mehr oft an die alten Zeiten zurück. Aber jetzt war mit Bobo alles wieder aufgetaucht.

Als Paul schließlich wie zur Krönung eine alte Lautsprecherbox auf dem Müllgebirge deponierte, kam Bobos Stimme gedämpft aus der Garage: »Du, Paul?«

Er ging nachgucken. Im Inneren der Garage musste er sich zwischen Auto und Wand nach hinten durchquetschen. »Was ist?«

»Die olle Kühltruhe hier …«

»Gehörte Kirstens Eltern. Der Vater war Jäger und hatte immer Unmengen von Wild eingefroren.«

Sie hatten kein Licht gemacht, um alles möglichst unauffällig über die Bühne zu bringen. Nur der gelbliche Schein der Laterne drang von draußen herein. »Brauchen wir nicht mehr. Die kommt auch demnächst weg. Wenn wir die auch noch rausgeräumt hätten, wäre es zwar mit dem Auto leichter gegangen, aber dazu habe ich wirklich keine Lust mehr.«

Bobo winkte ab. »Nein, nein, ist schon okay. Ganz im Gegenteil. So eine Truhe, weißt du …« Er hob das Ende des Steckerkabels vom Boden auf und hielt Ausschau nach einer Steckdose.

Paul beobachtete ihn mit wachsender Unruhe. »Was machst du?«

»Sie funktioniert doch noch, oder?«

»Ich denke schon.«

»Tja, hm, das habe ich ganz vergessen, dir zu erzählen. Also es ist so: Carsten Krumbein …« Bobo deutete vage auf die Werbebeschriftung und bückte sich schließlich, um das Kabel einzustecken, »… er hat mir sein Auto nämlich nicht freiwillig überlassen.«

Paul beugte sich zum Fenster im Heck des Kombis vor. Im Inneren des Wagens war undeutlich ein buckliger Wust aus Decken und Plastikplane zu erkennen.

Er spürte, wie sich ihm die Nackenhaare aufstellten. Als er wieder aufblickte, sah er Bobo, der entschuldigend mit den Schultern zuckte und sagte: »Nur zwei Nächte. Nur bis Heiligabend. Dann bin ich … sind wir wieder weg.« Und dann fügte er leise hinzu: »Denk an Aplerbeck.«

* * *

Die Zwillinge mochten Bobo. Er zeigte ihnen beim Frühstück Tricks mit Münzen. Sie fischten ein Geldstück nach dem anderen aus ihrem Sparschwein. Obwohl Bobo dicke Wurstfinger hatte, war er unglaublich geschickt. Die Münzen tauchten nicht mehr auf, und die Kinder quiekten begeistert.

Paul betrachtete seinen alten Freund und dachte an die zurückliegende Nacht. Alles wirkte seltsam bizarr, hatte unscharfen Konturen. Hatte er Bobo tatsächlich gegen Mitternacht geholfen, die Leiche eines fremden Mannes in Latzhose und Karohemd aus dem Kombi in die Kühltruhe zu verfrachten? Wie hatte er das nur tun können?

»Bobo hat schon Brötchen geholt«, sagte Kirsten und schenkte ihm Kaffee ein. Ihre Skepsis vom Vorabend schien verflogen zu sein.

»Ich bin ein Frühaufsteher.« Bobo köpfte sein Frühstücksei. »Um fünf bin ich auf den Beinen, egal wie kurz die Nacht war.« Er zwinkerte Paul zu.

Als die Türklingel ertönte, krähten die Zwillinge im Chor: »Frau Pa-artsch!«

Kirsten verdrehte die Augen und ging zur Tür.

Im Hintergrund wurde die unverkennbare Stimme der Nachbarin laut: »Das wollen Sie doch wohl nicht über Weihnachten da liegenlassen?«

Als Paul in den Flur trat, drehte sich seine Frau irritiert zu ihm um. »Ich weiß wirklich nicht … Das stand eigentlich alles in der Garage. Warum das jetzt … Paul, hast du etwa den ganzen Krempel auf den Gehsteig gestellt?«

Der Finger der Nachbarin war immer noch anklagend auf den Sperrmüllberg gerichtet. Sie sah aus wie ein verwitterter Wegweiser.

Paul hatte sich schon etwas zurechtgelegt, und er gab sich Mühe, es möglichst beiläufig klingen zu lassen: »Das da? Ach, das! Ich dachte, das bringe ich heute noch fix zur Müllkippe. Ich muss nur noch den Anhänger von Ulf holen.«

»Einen Tag vor Weihnachten?«, fragte Kirsten ungläubig.

»Wir wollen das alte Zeug nicht mit ins neue Jahr nehmen. Denkst du nicht auch, Schatz?«

»Du wolltest doch noch in den Garten.«

»Das schaffe ich schon.«

Frau Partsch grunzte missbilligend. »Sie können von Glück sagen, dass ich nicht gleich beim Ordnungsamt angerufen habe. Das sieht ja verheerend aus.«

»In zwei Stunden ist es weg«, sagte Paul knapp und schlug ihr die Tür vor der Nase zu. Dann gab er Kirsten einen Kuss.

Im Esszimmer vollendete Bobo seinen Zaubertrick. Das Geld tauchte wieder auf, und Ole und Ilvy machten tellergroße Augen. Es hatte sich allerdings vervielfältigt. Aus jeder Zehncentmünze war ein Zehneuroschein geworden, den Bobo jeweils mit großer Geste und lautem »Tataaa« hinter den Ohren der Kinder hervorzauberte.

Kirsten schnappte lachend nach Luft und schlug die Hand vor den Mund.

Niemand außer Paul bekam mit, dass im Hintergrund in den Fernsehnachrichten das Bild eines gesprengten Geldautomaten eingeblendet wurde.

»Gegen fünf Uhr wurde ein Unbekannter beobachtet, wie er einen Sprengsatz am Automaten der Sparkasse …« Das war in ihrer Stadt.

Paul biss sich auf die Unterlippe und blickte zu Bobo, der seinen Triumph als Zauberkünstler sichtlich genoss.

* * *

Als sie mittags ein drittes Mal mit dem Anhänger vorfuhren, um den Rest aufzuladen, stocherte Frau Partsch mit ihrer Krücke zwischen den verbliebenen Gegenständen herum. »Hätte man alles noch gebrauchen können.«

»Ich hätte Ihnen den Kram gerne geschenkt«, knurrte Paul.

»Was soll ich denn mit Ihrem Zeug? Reicht schon, dass Ihre verzogenen Kinder Kirschkerne über den Zaun spucken und faules Obst werfen.«

Mit ein paar Handgriffen beförderten Paul und Bobo die letzten Teile in den Anhänger.

»Und hinterher das Fegen nicht vergessen«, schnarrte Frau Partsch grimmig und wackelte davon.

»Der Geldautomat«, begann Paul mit gepresster Stimme, als sie wieder ins Auto gestiegen waren.

»Hm?« Bobo schien der Erfinder der Unschuldsmiene zu sein.

»Musste das sein?«

»Ich hatte einen Engpass, und jetzt, vor Weihnachten …«

»Ausgerechnet hier bei uns?«

»Heute Nachmittag will ich shoppen. Ich möchte mich bei euch für eure Gastfreundschaft revanchieren.«

»Kommt überhaupt nicht infrage!«

»Reg dich ab, Paul. Morgen bin ich wieder weg, und wenn ihr unterm Weihnachtsbaum sitzt, kannst du dich an den glänzenden Augen deiner lieben Kinder und deiner zauberhaften Frau erfreuen, wenn sie meine Geschenke auspacken.«

Paul stöhnte auf. »Weihnachtsbaum!« Er sah auf die Uhr. »Mist, mir läuft die Zeit weg. Ich muss unbedingt die Dahlien ausgraben, weil es heute Nacht frieren soll.«

Bobo lachte kollernd. »Du bist ein richtig spießiger Biedermann geworden. Süß.«

Paul kommentierte das nicht. »Wenn ich den Baum heute nicht mehr besorge, sind morgen nur noch die krüppeligen Ladenhüter übrig.«

Er spürte, wie Bobo ihm die Hand auf die Schulter legte. »Lass mich das machen.«

Paul wandte den Kopf zum Beifahrersitz. »Was? Na gut. Du kannst den Wagen nehmen. Mit dem Anhänger geht es leichter. Es ist der Stand am Baumarkt. Wir kaufen immer eine Blaufichte. Die duften gut.«

Bobo nickte selbstzufrieden.

* * *

Die Zwillinge hatten vor Staunen die Münder weit offenstehen. »Boah, ist der riesig!«

Paul und Bobo hatten Mühe, den gewaltigen Baum zwischen den Beeten der Einfahrt hindurch und die Eingangstreppe hinauf zu bugsieren.

Kirsten schüttelte beglückt lächelnd den Kopf. »Der muss aber ganz schön teuer gewesen sein.«

Bobo lachte nur.

Paul hatte es direkt begriffen, als Bobo mit dem riesigen Baum vorgefahren kam. Christbäume dieses Formats verkaufte kein Händler in der Stadt.

»Wir werden ihn absägen müssen«, ächzte er und versuchte, den Zweigen auszuweichen, die immer wieder in sein Gesicht peitschten. »Der passt nie und nimmer ins Wohnzimmer!«

Aus den Augenwinkeln sah er Frau Partsch, die am Küchenfenster stand und sie aufmerksam beobachtete. Wieso hatte sie ein Telefon in der Hand? Ihre Nachbarin schien in den letzten Tagen zur vollen Form aufzulaufen. Paul witterte Ärger, und er spürte, dass ihm der Schweiß nicht nur wegen des schweren Tannenbaums ausbrach.

* * *

Am Abend sank das Thermometer tatsächlich unter null. Kirsten streichelte die Wange ihres Mannes. »Schön, dass du das mit den Dahlien noch hingekriegt hast.«

Als sie die Teller abräumte, öffnete Bobo den teuren Cognac, den er am Nachmittag von seiner Shoppingtour mitgebracht hatte. Als Paul trank, bahnte sich ein sanftes Brennen den Weg den Hals hinab. Er blickte zu dem Weihnachtsbaum, der neben dem Wohnzimmerschrank positioniert war, und dessen ausladende Zweige fast ein Viertel des Zimmers einnahmen. Alles würde gut werden. Am nächsten Tag war Heiligabend, dann würde der Spuk aus der Vergangenheit vorbei sein.

Bobos Stimme riss ihn aus seinen Gedanken: »So, und jetzt kommt mal mit!«

Ratlos blickten Kirsten, Paul und die Kinder einander an. »Jacken an, wir gehen raus!«

Wie ein Zeremonienmeister führte er die Familie in den Vorgarten. »Ihr werdet staunen!«

Paul fühlte, dass die ständig neuen Überraschungen seines Freundes ihm mittlerweile unweigerlich eine ungute Vorahnung bescherten. Er ließ in diesem Moment unvermittelt die Augen nach links zum Garagentor wandern, hinter dem der Gebäudereiniger Carsten Krumbein in seiner Truhe schlummerte.

Da stand doch jemand! Was machte die alte Partsch denn da schon wieder?

»He!«, rief Paul, und sie fuhr zusammen.

»Ich dachte, ich hätte vorhin dort drin noch Licht gesehen. Wenn das über Nacht brennt, scheint es direkt in mein Schlafzimmer!«

»Gehen Sie da weg!«, entfuhr es Paul so heftig, dass seine Frau und die Kinder ihn überrascht anblickten.

In diesem Moment rief Bobo: »Achtung, Trommelwirbel!«

Und dann flammten mit einem Mal unzählige kleine Lichter an der Hausfassade, in den Büschen und Bäumchen des Vorgartens auf und glitzerten in der Dunkelheit.

»Hurra!«, riefen die Kinder.

Kirsten hauchte: »Mein Gott, ist das schön.« Sie fasste die Hand ihres Mannes und drückte sie ganz fest. »Dein Bobo ist unglaublich. Er hat mich vorhin nur mal nach einer Zange und einer Leiter gefragt.«

Paul sagte nichts. Er blickte Frau Partsch hinterher, die mit garstigem Gegrummel davonstapfte. Und dann wanderte sein Blick weiter zum Ende der Straße, wo das große Haus des Chefarztes vom Krankenhaus normalerweise in der Weihnachtszeit immer üppig mit Lichterketten dekoriert war. Heute war dort alles dunkel.

* * *

Als Bobo am nächsten Morgen abfuhr, stand die kleine Familie ordentlich aufgereiht am Straßenrand.

Kirsten umarmte den dicken Mann mit großer Herzlichkeit und sagte: »Schade, dass du nicht noch zum Fest bleiben kannst.«

»Ich muss nach München«, sagte Bobo. »Ich sagte ja, nur ein, zwei Tage.«

Dann verabschiedete er sich von den Kindern. »Und dass ihr euch nicht wegen der Geschenke zankt. Es gibt dieses Jahr genug für jeden.«

Paul lächelte säuerlich. Dann brachte er Bobo zum Auto. Er hatte das Gefühl, dass diese Episode erst richtig abgeschlossen sein würde, wenn er persönlich die Fahrertür zugeschlagen hatte.

»War schön, dich wiederzusehen, alter Bursche«, sagte Bobo. »Wird eine Weile dauern bis zum nächsten Mal.«

»Pass auf dich auf.« Paul klopfte ihm auf die Schulter. Er mochte Bobo. Und aus der Ferne mochte er ihn noch mehr. »Wenigstens bin ich dir jetzt nichts mehr schuldig.« Als Bobo sich hinters Steuer plumpsen ließ, warf Paul einen letzten Blick in den hinteren Teil des Kombis. Nur zur Sicherheit, denn bei Bobo wusste man nie. Unter den Decken und der Plastikplane wölbte sich etwas, und an einer Ecke lugten die Zipfel einer Latzhose und eines Karohemds hervor. Paul erkannte auch die Finger einer Männerhand. Rasch öffnete er noch einmal kurz die Hecktür und zog die Plane darüber.

»Mach's gut, Carsten Krumbein«, sagte er leise.

»In München werde ich den Kerl schon irgendwo los«, murmelte Bobo und startete den Wagen.

Und gerade als Paul sich umwenden wollte, um zu seiner Familie zu gehen, die winkend Abschied nahm, sah er ein paar winzige Schneeflöckchen, die durch die Luft trudelten, und ihm wurde wohlig warm ums Herz.

Bobo winkte ihn noch einmal zum Autofenster herunter und flüsterte ihm zu: »Dein Geschenk liegt nicht unterm Weihnachtsbaum, mein Alter. Das findest du in der ollen Kühltruhe.«

Und erst in diesem Moment bemerkte Paul, dass seine Nachbarin Frau Partsch, die sich normalerweise solche Ereignisse nicht entgehen ließ, überraschenderweise nirgends zu sehen war.

Und als er dem Auto mit der leuchtenden Firmenaufschrift hinterherblickte, ahnte er, dass sein Freund Bobo und er noch immer nicht quitt waren.

24

Manche Beziehung kriegt schon nach 24 Stunden einen Knacks, manche erst nach 24 Jahren. Oder aber nach 24 Tagen … Nach 24 Tagen mit 24 Türchen.

Sie war plötzlich sein ewiges Gekicher satt. Es gab scheinbar nichts, was er ernstnahm. Am Anfang hatte seine heitere Art sie noch amüsiert und unterhalten, hatte den Alltag leicht und unbeschwert gemacht, aber in den letzten Jahren hatte es in einem Maße zugenommen, dass sie es schon für bedenklich hielt. »Hör mal kennst du den schon …?« Jeden Tag zigmal. Dabei war er nun wirklich nicht der beste Witzeerzähler, sondern eher sogar der schlechteste. Was ihn nicht davon abhielt, ständig und überall loszulegen. Zuhause: »Wo wohnen Katzen am liebsten? Im Miezhaus!«. Im Urlaub: »Sonnenuntergang auf Finnisch? Helsinki!«. Im Restaurant: »Gast zum Kellner: Zahlen! Kellner zum Gast: Buchstaben!« Selbst beim Sex: »Was fängt mit Pe an und hört mit Is auf? Personalausweis!« Bei seinem unmittelbar darauf verlässlich folgenden Lachanfall verging ihr immer alles. Kinder hatten sie in fast schon logischer Konsequenz keine, was sie am Anfang noch bedauert hatte. Aber im Laufe der Jahre hatte sich immer mehr der Gedanke in den Vordergrund gedrängt, dass sich jemand wie er wohl besser nicht fortpflanzte. Das Thema Schwangerschaft war trotzdem immer ein willkommener Anlass für seine Witze: »Schwangere Frau zum Bäcker: Ich kriege ein Graubrot. Bäcker: Da wird sich Ihr Mann aber wundern!« Es gab einfach nichts und niemanden, über den er nicht seine flachen Kalauer vom Stapel ließ.

Als es auf den Advent zuging, platzte ihr eines Abends der Kragen. »Ich bin es leid!«, kreischte sie und schleuderte eine Suppenkelle durch die Küche, nachdem er, als sie ihn fragte, ob er den Schlüssel wieder ans Brett gehängt habe, den neuesten Brüller zum Besten gab: »Was machst du beruflich? Ich mache Schlüssel nach. Echt? Toll! Wie machen Schlüssel denn?«

»Du nimmst nichts ernst! Du nimmst mich nicht ernst! Du weißt nicht, was ich will, oder was ich brauche!« Sie spürte, dass sich eine echte Nervenkrise anbahnte.

»Aber natürlich weiß ich das, mein Schatz«, versuchte er sie zu beschwichtigen. »Ich lese dir doch jeden Wunsch von den Lippen ab. Apropos Lippen: Die Frau geht zum Schönheitschirurgen und sagt …« Im nächsten Moment flog der Topf voller kochender Spaghetti durch die Luft. Begleitet von ihrem schrillen Schrei. »Nichts weißt du! Was ich mir wünsche, ist dir ganz egal!«

Das Grinsen wich langsam aus seinem Gesicht, als ihm mit einem Mal bewusst wurde, dass die Situation plötzlich unerwartet ernst wurde. »Aber wir schenken uns doch nichts. Das haben wir uns doch vor Jahren gegenseitig versprochen.«

Sie sank schluchzend zu Boden, und er rang nervös die Hände. »Gibt es denn etwas, was du dir wünschst?«

»Urlaub in Thailand!«

»Nächsten Sommer, fest versprochen.«

»Neue Vorhänge!«

»Kaufen wir. Das ist doch kein Problem.«

»Einen Hund«, heulte sie. »Ich will endlich einen Hund!«

»Ja, ich weiß, dass du dir einen Hund wünschst. Aber wir hatten doch gesagt, dass wir damit warten, bis ich in Rente …«

»Ich weiß.« Sie verbarg das Gesicht in den Händen. »Das weiß ich, verdammt noch mal.«

»Wünschst du dir was anderes? Ich würde dir so gerne eine Freude machen.«

Sie schwieg einen Moment lang. Dann flüsterte sie: »Einen Adventskalender.

Er stutzte. »Wirklich?«

»Aber nicht so einen gekauften.«

»Selbstgebastelt soll er sein?«

Sie nickte stumm und schniefte vernehmlich.

»Weißt du was? Du sollst deinen Adventskalender kriegen, mein Schatz«, sagte er mit fester Stimme und konnte doch schon wieder sein Kichern kaum unterdrücken. »Ab morgen wirst du jeden Tag hinter einem Türchen eine Überraschung finden. Du wirst staunen, wie kreativ ich sein kann.« Er nickte bestätigend und fügte schnell noch hinzu: »Was ist grün und steht vor der Tür? Ein Klopfsalat!«

Am Morgen des 1. Dezember las er morgens seine Zeitung und aß sein Leberwurstbrot. Nichts deutete darauf hin, dass er sein Versprechen halten würde. Bis sie plötzlich die Ziffer 1 auf dem Eisfach fand, die er mit Kreide darauf geschrieben hatte. Zögernd öffnete sie die Klappe.

Und fand dahinter, gegen das Spinatpäckchen gelehnt, eine CD. Weihnachtslieder von Helene Fischer. Die mochte sie zwar überhaupt nicht, aber sie erkannte seinen guten Willen. Und es wurde ihr richtig warm ums Herz. Als sie ihn auf die Stirn küsste, kicherte er leise in sich hinein. Sie hätte in diesem Moment ahnen können, dass es anders kommen würde, als sie sich das erhoffte.

Am nächsten Morgen fand sie hinter der Tür des Medikamentenschränkchens, auf das er eine 2 geschrieben hatte, eine Konservendose. Brechbohnen. Wie seltsam.

Die 3 aus Kreide fand sie wieder einen Tag später auf der linken Tür des Schlafzimmerschranks. Die darin liegende Schachtel enthielt tatsächlich das, was darauf gedruckt war: Eine Zahnbürste mit Musik. Sie ahnte, dass sein ganz spezieller Humor sich wieder Bahn brach. Und fühlte sich bestätigt, als sie sein Glucksen aus dem Wohnzimmer hörte.

Während der nächsten Wochen lief er fast nur noch kichernd und feixend durchs Haus.

Sie fand seltsame Dinge hinter allen möglichen Türen: Eine Nagelschere für Linkshänder, ein 1000-Teile Puzzle mit dem Portrait von Dieter Bohlen, Kaugummi mit Lachsgeschmack, ein T-Shirt mit dem Aufdruck »Ich bin nicht doof, ich hab nur Pech beim Denken«, ein Autogramm von Olaf Scholz, einen Nasenhaarschneider, Toilettenpapier mit Horoskopsprüchen … Sie trug all diese Dinge mit stoischer Ruhe von dem Ort, wo sie sie gefunden hatte, zu der Anrichte im Flur, wo sich dann im Laufe der Adventszeit ein Sammelsurium von Absurdität zu einem kleinen Gebirge auftürmte. Die Zeit würde vorübergehen. Weihnachten würde kommen, und der Spuk wäre zu Ende. Sie musste die Nerven behalten.

Es wurde kalt, es schneite, sie dekorierte das Haus von innen und von außen. Und ihr Mann kicherte.

Am Morgen des 24. fand sie keine Kreideziffer. Da begann sie zu ahnen, dass etwas in einem ungeahnten Ausmaß geschehen würde. Sie schmückte den Baum, sie bereitete das Essen vor. Um vier Uhr sagte er, er müsse noch einmal kurz weg.

Und eine knappe Stunde später klingelte es an der Haustür.

Gerade erst hatte sie die Gans fertig vorbereitet und war im Begriff, den Ofen anzuheizen.

Als sie in den Flur ging und sich die Hände an der Schürze abwischte, sah sie schließlich die Kreidezahl: Auf der Innenseite der Haustür stand eine große 24!

Damit hatte sie nicht gerechnet. Eine Gänsehaut kroch ihr über die Schultern und den Nacken hinauf. Sie öffnete vorsichtig die Tür.

Eine Kiste stand auf dem Fußabtreter. Eine große Kiste aus Holz, mit metallverstärkten Kanten. Das Leuchten der Lichterkette um den Türrahmen warf tanzende Schatten darauf.

Sie blickte sich nach allen Seiten um. Ihr Haus war das letzte am Ende der Straße. Die nächsten Nachbarn wohnten etwa 200 Meter die Straße hinunter. Der eisige Wind blies ein wenig pulvrigen Schnee um die Hausecke. »Wo bist du, Liebling?«, rief sie in die Schwärze der Winternacht hinaus. Sicher stand er hinter der Garage und kicherte blöde.

Da war ein Schnappschloss an der vorderen Kante der massiven Kiste. Als sie sich danach bückte, vernahm sie plötzlich ein leises Geräusch. Etwas schnüffelte im Inneren der Kiste. Etwas kratzte. War das ein Winseln? Und im selben Augenblick erkannte sie, dass ihr an diesem Weihnachtsabend der sehnlichste Wunsch erfüllt wurde!

Ein Hund!

Vorsichtig öffnete sie das eiskalte Schloss und hob die Klappe ein wenig an. »Wo bist du denn, mein Kleiner?«, flüsterte sie sanft. »Ja, wo ist denn mein Süßer?«

Und dann wurde die Klappe von innen aufgestoßen, und das breit grinsende Gesicht ihres Mannes strahlte durch die Winternacht. Er lachte wie ein Irrer. »Hier ist dein Kleiner, mein Schatz! Ich bin das Beste, was dir passieren konnte!«

Er hatte sich eine golden glänzende Schleife um den Kopf gebunden. »Kennst du den: Was ist das Gegenteil von Reformhaus? Reh hinterm Haus!« Er brüllte vor Lachen.

Und sie reagierte in diesem Augenblick instinktiv, indem sie die Klappe mit Wucht wieder zuwarf. Mit einem deutlich hörbaren Klicken rastete das Schloss wieder ein.

»Aua!«, maulte ihr Mann aus dem Inneren der Kiste. »Mach auf! Du weißt ja gar nicht, wie eng es hier drin ist! Und kalt! Es ist wirklich arschkalt, mein Schatz.«

Sie stand da und atmete heftig ein und aus. Eine weiße Wolke stand vor ihrem Mund. Schneeflocken fielen auf ihre erhitzte Haut, und sie spürte sie gar nicht. Sie spürte gar nichts mehr, als sie langsam rückwärts ins Haus zurückwich.

Sie würde wegfahren. Zu ihrer Mutter. Die würde sich ganz sicher freuen. Die hatte ihn schon immer doof gefunden.

Sie schaltete den Herd wieder aus und legte die Gans in die Gefriertruhe. Dort würde sie sich lange halten. Da drin war es mindestens so kalt wie draußen vor dem Haus.

»Vor dem Haus?«, murmelte sie, während sie den Koffer packte. »Eine Kiste? Nein, nein, nein, als ich gegen halb fünf weggefahren bin, stand da noch keine Kiste.« Sie musste es sich oft genug einreden, dann würde sie es selbst glauben. »Und er hat die Kiste nicht mehr alleine aufgekriegt? Wie schrecklich.« Sie würde weinen müssen. Das kriegte sie hin.

Als sie kurz darauf mit dem Koffer in der Hand erneut die Haustür öffnete, hatte sich bereits ein weißer Flaum auf den hölzernen Kasten gelegt. Auch das Rütteln und Ruckeln im Inneren hinderte den Schnee nicht daran, alles zuzudecken.

»Komm lass mich raus!«, kam es dumpf aus dem Inneren. »Du kriegst ja deinen Hund. War ja alles nur ein Spaß. Es ist so verdammt eng. Apropos: Warum ist ein Luftballon beim Psychiater? Er hat Platzangst!« Das Kichern klang verhaltener als sonst, nervöser.

Sie schloss sorgfältig die Tür ab.

»Der Spaß hat jetzt ein Ende, Liebling. Das ist kein Witz, hörst du? Kein Witz!«

Nein, dachte sie, als sie die Garage öffnete. Wirklich kein Witz. Und trotzdem musste sie kichern und konnte plötzlich gar nicht mehr aufhören.

Zur Krippe her kommet

Unser Kuno-Jérôme ist ein wohlerzogener Junge, der die zweite Klasse besucht und der sich mit seinen schulischen Leistungen dezent zurückhält, um den anderen auch hin und wieder eine Chance zu geben. Obwohl er sich dessen selbst vermutlich noch gar nicht bewusst ist, handelt es sich bei ihm um einen wahren Ausbund an Fairness, um ein Musterbeispiel an Bescheidenheit. Meine Britta und ich versuchen, ihm das auf vielerlei Arten abzugewöhnen, aber Kuno-Jérôme hält sich im Unterricht zurück, weil er sich vor den schwächeren Jungens und Mädchen nicht unnötig produzieren will.

Er konnte schon im Kindergarten die Uhr lesen. Und die Schuhe binden! Er konnte auch schon die richtigen Accents auf seinen zweiten Vornamen setzen. Aber ich frage Sie: muss ein Kind denn gleich all sein Wissen preisgeben? Muss es ständig die Uhrzeit ansagen? Zeugt es nicht von einem gefestigten Charakter, wenn es den Eltern erlaubt, ihm noch ein paar Jahre länger liebevoll die Schnürsenkel zu binden? Kann man den gesunden Witz missverstehen, wenn es lustige accent aigus, accent graves und accent circonflexes auf *und unter* alle Buchstaben der beiden Vornamen malt?

So ein feines, kluges, hochbegabtes Kind ist unser Kuno-Jérôme! Meine Britta deutet manchmal an, ich könnte da vielleicht ein wenig übertreiben, aber sie ist ja selbst so unglaublich bescheiden. So wenig ehrgeizig. So eingeschränkt in ihren Möglichkeiten.

Gottseidank sind meine Gene stärker. Die Talente meines Sohnes kommen nicht von ungefähr – sondern von mir.

Unser Kuno-Jérôme kann singen wie eine Lerche. Und tanzen. Er hat getanzt, bevor er laufen konnte. Er kann auch schon gut vorlesen und auswendig lernen. Man erwartet das nicht von einem Zweitklässler, aber so ist es. Er zeigt es nicht, aber ich weiß das! Und er kann schauspielern, so wie ich es auch getan habe. Im Schülertheater. Früher, bevor ich meine Lehre in dem Teppichbodenfachhandel begonnen habe, in dem ich jetzt schon vierundzwanzig Jahre arbeite. Ich habe mich vom dritten Zwerg bei Schneewittchen zum Zauberer Petrosilius Zwackelmann im Räuber Hotzenplotz hochgearbeitet. Wenn ich hätte weitermachen dürfen, würde ich heute den Jedermann spielen!

Kuno-Jérôme wird seine Talente nicht irgendeiner Beamtenlaufbahn oder einem Handwerksberuf opfern. In Kuno-Jérôme steckt ein Schauspieler! Und deshalb wird Kuno-Jérôme in diesem Jahr den Josef im Krippenspiel geben!

Frau Dörtelmann, seine Lehrerin, war überrascht, als ich es ihr vorschlug. »Der Kuno-Jérôme?«, hat sie mit großen Augen gefragt. Das war ganz schlecht geschauspielert. Ich weiß ja, dass sie keine Kinder bevorzugen darf.

»Der Kuno-Jérôme«, habe ich bestätigt.

»Aber eigentlich sollte der Jeremy-Findus diese Rolle bekommen«, sagte sie zögernd. Dass sie den Satz am liebsten mit »... aber der Kuno-Jérôme ist natürlich der viel bessere Schauspieler« weitergeführt hätte, war deutlich zu spüren.

Das war vor sechseinhalb Wochen gewesen. Seither übe ich mit Kuno-Jérôme seine Rolle. Morgens, beim

Frühstück, mittags, wenn ich zum Essen nach Hause komme, und abends. Das mit den Gutenachtgeschichten hat jetzt Pause. Jeden Abend lese ich ihm den Text vor. Das ganze Krippenspiel, damit er alles verinnerlicht.

»Wer klopfet an?«

»Ein gar armes Weib mit ihrem Mann.«

Er schläft immer sehr schnell ein. Ein deutliches Zeichen dafür, dass er schon alles drauf hat. Er ist so begabt, unser Kuno-Jérôme.

Die Kinder üben jeden Mittwoch mit Frau Dörtelmann. Ob das die Richtige für so was ist? So ein junges Ding. Früher hießen die ja Fräulein – darf man heute nicht mehr sagen. Müsste mir mal einer erklären, warum. Überhaupt noch keine Lebenserfahrung. Wie soll sie denn den Kindern den tieferen Sinn hinter dem Stück vermitteln, die künstlerische Botschaft? Da sind so viele Anspielungen und politische Querverweise drin! Ich wette, sie hat selbst noch nicht durchschaut, dass das Krippenspiel eigentlich eine Art shakespearesches Drama ist. Eins der großen Königsdramen. Eigentlich ein Dreikönigsdrama. Wie Richard der Dritte nur ohne Kindsmord. Das Kind in der Krippe ist ja auch eher ein Symbol. In Indien läge da eine heilige Kuh drin. Bei den Indianern ein Totempfahl. Da denken die Wenigsten drüber nach. Es gibt ja auch nur wenige mit einer so großen Leidenschaft fürs Theater.

Ab und zu spreche ich in unserer großen Lagerhalle heimlich den Hamlet-Monolog. Da ist eine ganz tolle Akustik. Der Nadelfilz schluckt den Schall. Ich liebe das Theater – und unser Kuno-Jérôme auch. Das werden bald alle mitkriegen.

Gottseidank ist da ja noch Frau Schneidewind, die Fräulein Dörtelmann ... ja, Fräulein – ich sage das jetzt einfach – die Fräulein Dörtelmann ein bisschen unterstützt. Sie ist zwar schon sechsundsechzig und wird nächstes Jahr pensioniert, aber sie hat die Kinder wenigstens im Griff.

Kuno-Jérôme hat neulich zuhause erzählt, dass sie auch schon mal mit dem Lineal zuschlägt.

Nun, wenn es sein muss! Mir hat das jedenfalls nicht geschadet.

Eigentlich läuft alles gut. Ich habe ein paar Mal heimlich bei den Proben zugesehen, versteckt hinter den gestapelten Stühlen. Ich filme dann immer mit dem Handy mit, um Kuno-Jérôme am Abend seine Fehler aufzuzeigen. Das wird ihm sehr eine große Hilfe sein. Er soll ja mit seiner Gestik maximale Wirkung erzielen. Und seine Mimik muss er noch um einiges steigern, denn auch in der letzten Reihe soll das Publikum ja noch alles mitbekommen. Vorerst spielt er ja nur eins von den Schafen. Aber die Leute sollen schon begreifen, was so ein Schaf denkt und fühlt.

In meinem Versteck konnte ich nebenbei genau beobachten, dass die vier Kinder, die die Hirten spielen sollen, wirklich nicht mit dem nötigen Ernst bei der Sache sind. Immer wenn das junge Fräulein Dörtelmann und die Frau ... ich glaube, sie ist eigentlich auch noch ein Fräulein ... also die alte Schneidewind nicht hingesehen haben, haben sie Faxen gemacht und die Zunge rausgestreckt.

Ich habe sie dann in den nächsten Tagen einzeln auf dem Heimweg abgefangen und ihnen für ihre Missachtung der Schauspielkunst ein paar Ohrfeigen gegeben. Und ich habe ihnen damit gedroht, ihr Elternhaus anzuzünden, wenn sie das zuhause erzählen. Die Cheyenne, der Fabian-Magnus, die Gülcan und der Athanasius. So geht es ja nun nicht.

Ich habe dann noch einmal mit Fräulein Dörtelmann gesprochen und sie bekniet, Kuno-Jérôme eine Hirten-Rolle zu geben. Für den Übergang. Dann würde es wenigstens nicht so auffallen, wenn er demnächst statt eines popeligen Schafs plötzlich die Hauptrolle bekommt. Sie hat sich darauf eingelassen. Das freut mich, denn ich hätte sie nur ungern dazu gezwungen.

Vor drei Wochen habe ich dann mal am frühen Abend Frau Kästner zuhause besucht. Das ist die Textil- und Werk-Lehrerin, die für die Kostüme verantwortlich ist. Sie war natürlich sehr überrascht, dass ich so unangemeldet bei ihr aufkreuzte. Ich habe sie gebeten, mir mal die Entwürfe vorzulegen. Schließlich lasse ich unseren Kuno-Jérôme nicht mit irgendeinem billigen Karnevalsfummel auf die Bühne.

Mein lieber Schwan, da ist mir aber anders geworden!

Einen modernen Look hat sie sich vorgestellt. Moderner Look! So wie ihn Schafhirten heute tragen. Basecaps, Outdoor-Klamotten und Gummistiefel!

Was dann denn soll, habe ich sie gefragt. Es fiel mir wirklich schwer, mich zu beherrschen. Das Stück spielt doch so ungefähr im Jahre Null, und da hat es doch wohl kaum Goretex-Jacken gegeben! Lammfell-Westen haben die getragen und karierte Hemden, Schlapphüte und Kniebundhosen! Da braucht man sich doch nur mal ein paar Krippenfiguren anzugucken, und dann sieht man es! Und Bärte hatten die sich auch zu Christi Geburt angeklebt. Ja, auch die Mädchen! Ja, auch die Diversen, oder wie die heißen! Alle hatten Bärte, das hab ich der blöden Kuh aber mal unmissverständlich klargemacht! Und was sagt sie? Ist sie verständig? Sieht sie ihren Fehler ein? Nein! Im Ton habe ich mich angeblich vergriffen! Ich!

Ich muss mir nicht alles bieten lassen, wirklich nicht.

Nun gut, dass sie so blöd fällt, war ja nicht vorauszusehen.

Koma, ja.

Hoffentlich wenigstens bis nach Weihnachten.

Meiner Britta erzähle ich so was nicht. Die hat leider keinen Blick für das große Ganze.

Um die Kostüme kümmert sich jetzt Frau Schneidewind. Die hat zuhause Gartenzwerge im Vorgarten und trägt ein Lodenkostüm. Ich glaube, da bin ich auf der sicheren Seite.

Obwohl, man weiß es nicht. Dass es mit Fräulein Dörtelmann Probleme geben würde, hätte ich ja eigentlich auch nicht gedacht. Ich hatte ja den Eindruck, das mit der Besetzung des Josef wäre ein Scherz gewesen. Sie schien doch offenbar auch der Meinung zu sein, dass unser Kuno-Jérôme der Josef unter allen Josefs ist. Aber da habe ich mich wohl doch in ihr geirrt. Sie hat doch tatsächlich dem Jeremy-Findus die Rolle gegeben! Kein Scherz, ehrlich! Der trägt eine Brille! Hat Josef eine Brille getragen? Wohl kaum!

Gut, Kuno-Jérôme trägt auch eine Brille. Die ist auch noch deutlich stärker, aber der zieht die bei der Aufführung natürlich aus. Der kennt ja das Bühnenbild auswendig, darin bewegt der sich mit geschlossenen Augen, ohne irgendwo anzuecken. Britta und ich haben ja die Möbel in seinem Kinderzimmer entsprechend umgestellt. Na, sagen wir mal, ich hab das meiste gemacht. Britta ist da nicht so geschickt. Der Kuno-Jérôme fühlt sich auf der Krippenspiel-Bühne buchstäblich wie zuhause! Er hat seit zwei Wochen Stubenarrest. Unter uns, eigentlich hat er sich nichts zuschulden kommen lassen, aber er soll möglichst viel Zeit in der Krippe … also im Kinderzimmer verbringen.

Meine Güte, was wird der Junge uns später mal dankbar sein!

Apropos Bühnenbild: Was gehört zu einem Weihnachtskrippen-Bühnenbild dazu? Etwa eine Beamer-Projektion von einer israelischen Felsenlandschaft? Da muss ich aber lachen! Tannen müssen da hin! Frisch geschlagene Tannen! Allein schon wegen dem Duft.

Und der Stall? Ich meine, jedes Kind weiß doch, wie ein Stall aussieht, oder? Der ist aus Brettern und hat oben einen Heuboden, und es gibt ein Lagerfeuer davor und einen Ziehbrunnen mit Zinkeimer, und eine bunte Laterne hängt darin, da, wo sonst der Trecker durchfährt. Ein Stall eben.

Was dieser Hausmeister, dieser Fara…, Rafa…, Arafa… keine Ahnung, wie man den Namen ausspricht. Also was der da *hingerotzt* hat, spottet wirklich jeder Beschreibung. Ein paar gebatikte Tücher über einem krüppeligen Holzgestell! Und drum herum ein paar Zimmerpalmen aus dem Direktorenbüro, weil ja in Behtlehem angeblich keine Tannen standen! Das wüsste ich aber!

Und im Stall? Stroh? Ja, von wegen! Du meine Güte, was denkt sich dieser Trara… Sara… na gut, kann man ihm natürlich irgendwie auch nicht verdenken. Der kommt ja aus Syrien, oder irgendwo da unten. Der weiß ja nicht, wie eine Krippe auszusehen hat.

Und der Stern von Bethlehem ist mit LEDs beleuchtet! Wissen Sie, was für ein eiskaltes, unfreundliches Licht das gibt? Da sieht unser Kuno-Jérôme doch aus wie eine Wasserleiche!

Als der Hausmeister … nee, das heißt ja jetzt Haustechniker … am Sonntagmorgen da so über den Zebrastreifen gejoggt kam, dachte ich, das wäre doch eine gute Gelegenheit, ihn mal kurzfristig aus dem Verkehr zu ziehen, bevor er noch mehr Unheil anrichtet.

Hat auch geklappt. Mit so einem komplizierten Trümmerbruch kann er erst mal nicht arbeiten gehen. Das wird ihm eine Lehre sein, diesem Vogel aus dem Morgenland, unsere Kultur umkrempeln zu wollen!

Frau Schneidewind organisiert jetzt auch das mit der Bühne. Ein paar Väter haben sich schon bereiterklärt, unter meiner Anleitung ein paar Tannenbäume zu schlagen. Läuft also nach Plan.

Es wurde dann natürlich irgendwann Zeit, dass ich mich um die Sache mit Jeremy-Findus kümmerte. Damit der arme Junge nicht die ganze Rolle umsonst lernt.

Er ist wohl keinen Alkohol gewöhnt. Ist ja eigentlich auch gut so in seinem Alter. Jedenfalls hat er wirklich tief und fest geschlafen, als ich ihn in den Nachtzug nach Zagreb gesetzt habe.

Eigentlich glaubte ich ja, damit wäre dieses Besetzungsproblem endlich erledigt. Aber was soll ich sagen?

Als sich die Aufregung um das verschwundene Kind gelegt hatte … keine Sorge, ich habe ihm ja nichts getan! Er wird sich auf dem Balkan schon irgendwie verständlich machen können. Das dauert vielleicht ein bisschen, aber so sieht er mal was anderes. Wer in der Jugend viel reist, sammelt jede Menge Erfahrungen fürs Leben!

Als sich also die Aufregung nach ein paar Tagen legte, dachte ich, Fräulein Dörtelmann könnte jetzt ganz offiziell und ungestraft ihren wahren Favoriten verkünden, und da erfahre ich doch, dass Tyson, der Sohn unserer verkommenen Nachbarn, der Familie Schlowanz, jetzt den Josef spielen soll.

Ja, was ist denn los mit dieser Trulla von einer Klassenlehrerin? Was ist denn daran so schwer zu verstehen? Tyson Schlowanz ist rothaarig und lispelt! Rothaarig! Lispelt!

Wen hätte sie denn sonst noch im Angebot? Eins von den Negerkindern? Oder will sie sich einen von der Behindertenschule ausleihen?

Selbst wenn sie sich nicht traut, unseren Kuno-Jérôme auf den Platz zu setzen, der ihm gebührt, muss sie doch mal merken, wann Schluss ist mit dem Blödsinn!

Ich lasse mir nicht auf der Nase rumtanzen! Nicht, wenn es um die Schauspielerkarriere von unserem Kuno-Jérôme geht!

Am Donnerstag in der großen Pause habe ich sie abgepasst und habe ihr etwas auf meinem Handy gezeigt. Ein kleines Filmchen. Sie und der Turnlehrer Herr Frenzke. Sie ganz nackt, er nur noch in Socken. In der Umkleidekabine der Turnhalle. Was sie da machen, muss ich wohl nicht erklären, oder? Alles sehr sportlich jedenfalls, doch, doch. Aber schauspielerisch doch sehr monoton. Und vor allen Dingen nichts, worauf man stolz ist und was man unbedingt gerne rumzeigen möchte.

Nach der Pause hat sich Fräulein Dörtelmann erst mal für den Rest des Jahres krankschreiben lassen.

Frau Schneidewind führt jetzt Regie.

Geht doch.

Ich hätte wirklich ungern auch noch den Tyson auf die Reise geschickt. Zumal sich Jeremy-Findus inzwischen schon unerwartet früh in der Deutschen Botschaft in Zagreb eingefunden hat. Beim nächsten Mal hätte ich dann womöglich zur Sicherheit noch ein paar Tabletten einsetzen müssen.

Mit Frau Schneidewind läuft jetzt wenigstens alles rund.

Sie findet auch, dass Tyson keine wirklich gute Besetzung für den Josef ist.

Kostüme, Dekoration, Text … Das wird ein richtiges Krippenspiel.

Dachte ich.

Man kann sich das ja alles gar nicht vorstellen. Es gibt ja Sachen, die gibt es gar nicht.

Der Tyson hat so weiche Gesichtszüge, fand auch Frau Schneidewind. Viel zu schwammig und konturlos.

Ja, eben! Sie hat ja so recht!

Die Maske könnte ja auch keine Wunder wirken, sagt sie.

Richtig! Ganz genau!

Und deshalb hat sie sich überlegt, dass Josef und Maria tauschen.

Peng! Da wäre mir beinahe der Kopf geplatzt! Ich hab nur noch rot gesehen. Alles ganz verschwommen.

Tyson kriegt das Kopftuch von Maria und Ilvy-Candice soll jetzt den Josef spielen!

Die sieht männlicher aus als der rothaarige Bengel, das mag schon sein. Die hat die Knubbelnase von ihrer hässlichen Mutter. Aber ein Mädchen als Josef!

Frau Schneidewind ließ nicht mit sich reden!

Frau Schneidewind ist ein stures altes Reptil!

Frau Schneidewind ist übers Wochenende in achtzehneinhalb Meter Teppichboden eingerollt. Kackbraune Schlingenware mittlerer Preisklasse, geeignet für Flur und Büro, aber wegen der Farbe ein absoluter Ladenhüter. Steht in der hintersten Ecke des Lagers. Da kann sie schreien wie sie will. Der Nadelfilz schluckt, wie gesagt, den Schall. Und dann ist da ja auch noch das Teppichklebeband über ihrem runzligen Mund. Es hat auch fies geknackt, als ich sie eingewickelt habe. Ich glaube, irgendwas ist da gebrochen. Hat sie sich selbst zuzuschreiben.

Aber genug von all dem. Das ist Vergangenheit!

Hier in der Schule herrscht jetzt allmählich einige Aufregung. Der große Tag ist da. Sämtliche Sitzplätze sind belegt, wie ich mit einem Blick zwischen den Stellwänden seitlich der Bühne hindurch erkenne. Weihnachtliche Musik kommt vom Band. Überall brennen Kerzen. Irgendwie vermisst keiner die alte Schneidewind. Alle kommen mit ihren Fragen zu mir, und ich weiß auf alles eine Antwort. Ich bin ja vom Fach. Das merken sie jetzt auch so langsam.

Es duftet nach Tannen, der Stern strahlt mit warmem Glühbirnenlicht, die Schäfer zupfen sich gegenseitig ihre angeklebten Bärte zurecht, die Engelchen richten sich die Flügel.

Tyson spielt ein Schaf. Ein rothaariges Schaf gibt es natürlich nicht, deshalb muss er die ganze Zeit im Stall bleiben.

Gleich wird der Vorhang aufgezogen. Dafür haben wir die beiden doofsten Kinder genommen. Die Zwillinge Marla-Cyprienne und Heinz-Horst.

Ochs und Esel werden das tun, was Ochs und Esel können: Muhen und I-Ah machen. Wenn ich mir diese beiden Versagerkinder in den Tierkostümen angucke, wundere ich mich, wie untalentiert man überhaupt sein kann.

Die Heiligen Drei Könige weinen, niesen und stottern reihum. Nicht einmal die prachtvollen Kronen und glänzenden Umhänge können darüber hinwegtäuschen, dass sie schauspielerische Nullen sind. Der eine ist nicht mal richtig schwarz bemalt. Er hat riesige weiße Ohren. Da hätte man besser einen echten für genommen.

Aber egal! Umso strahlender wird jetzt gleich der Held der Geschichte erscheinen. Josef, der Zimmermann, der das Geschick des jungen Paares auf Herbergssuche mit fester Hand leitet, der trotz der elenden Umstände dafür sorgt, dass seine schwangere Frau – Ilvy-Candice sieht in ihrem Kostüm grobschlächtig und fett aus, und ich habe schon Angst davor, dass sie gleich sprechen wird – dass seine Frau ein bequemes Lager auf Stroh findet. Stroh! Es gibt jede Menge herrlich frisch knisterndes Stroh!

Als Kuno-Jérôme vorhin das Kostüm angezogen hat und geschminkt wurde, sind mir die Tränen gekommen. Gleich wird er auf die Bretter treten, die die Welt bedeuten. Das wird ein Krippenspiel, wie man es überhaupt noch nicht gesehen hat!

Britta ist jetzt an meine Seite getreten und zupft mich am Ärmel. Ich habe sie gar nicht kommen hören.

»Du«, sagt sie zaghaft.

»Jetzt nicht!«

»Du, der Kuno-Jérôme …«

»Er ist gleich dran«, sage ich mit angehaltenem Atem. Noch singt ein Chor von Mädchen und Jungen, die es noch nicht einmal dazu gebracht haben, Schafe spielen zu dürfen. »Er soll sich bereitmachen!«

»Der Kuno-Jérôme, der ist … der hat …« Da ist etwas in ihrer Stimme, das mich dazu bringt, den Blick von der Bühne abzuwenden. Weint sie auch? Ist sie genau so gerührt wie ich?

»Dem Kuno-Jérôme ist nicht gut.«

»Ein kleines Unwohlsein? Nervosität?«

»Ihm ist schlecht. Richtig schlecht.«

»Lampenfieber!«, jubele ich. »Hurra, Lampenfieber! Das Edelste aller Leiden! Alle großen Schauspieler kennen das! Das legt sich gleich, wenn er auf der Bühne ist!«

»Der Kuno-Jérôme kotzt sich gerade auf dem Jungenklo die Seele aus dem Leib.«

»Sag ihm, er wird im Applaus baden!«

»Der Doktor ist bei ihm.«

»Wieso kotzt er? Was kotzt er? Welche Farbe hat es?«

»Der Kuno-Jérôme kann nicht auftreten.«

Die Welt hört auf, sich zu drehen, bremst abrupt und steht still.

»Er muss! Es fängt jetzt an! Es wird ein Erfolg! Wir werden auf Tournee gehen!«

Es braust in meinen Ohren. Mir wird mit einem Mal sehr heiß. Alles um mich herum schwankt.

Ich höre undeutlich Brittas Stimme: »Wir müssen die Vorstellung absagen.«

»Absagen? Niemals!« Ich stoße sie von mir, sodass sie mit einem Aufschrei rücklings zwischen die Tannen fällt. »Eine Tournee durch ganz Deutschland!« Einem Hirten reiße ich kurzerhand den Hut vom Kopf und einem Schaf zerre ich das Fell vom Leib und werfe es mir um die Schulter.

Die Stimme des Erzählers kommt jetzt über den Lautsprecher. Eine piepsende Jungenstimme, stockend, mit undeutlichen Endungen. Grauenhaft! »Es begab sich aber zu der Zeit, dass ein Gebot von dem Kaiser Austus … Ausus … Augustus ausging, dass alle Welt geschätzt würde.«

Egal! Vorhang auf! Es beginnt!

Ich fasse das fette Mädchen im Maria-Kostüm an der Hand und reiße es mit mir. Sie schreit. Den Esel befördere ich mit einem Fußtritt auf die Bühne. Er rappelt sich auf, Blut rinnt aus seiner Nase, und er beginnt augenblicklich zu heulen wie eine Sirene.

Spielt, spielt endlich!

Eine Tournee durch Europa!

Die Hirten flüchten kreischend. Das Dach der Krippe bricht zusammen, das Stroh fliegt durch die Luft. Der Stern stürzt vom Himmel und schwingt an seinem Kabel wie wild hin und her. Egal! Wer braucht schon eine Kulisse!

Uns hält nichts auf! Mich hält nichts auf!

»Habt ihr noch ein Zimmer für zwei arme Wandersleut?«, deklamiere ich. Laut, prononciert, mit deutlich erkennbaren Lippenbewegungen und großen Gesten!

Meine Worte erfüllen die ganze Schulaula, das ganze Haus, das Stadtviertel!

Stimmen werden laut. Rufe ertönen. Jemand im Publikum pfeift auf zwei Fingern.

»Ich bin Josef!«, brülle ich. »Josef, der Zimmermann aus Nazareth! Und das kleine fette Gör hier ist mein Weib Maria!« Sie schreit wie am Spieß.

Worte aus dem Himmel dringen an mein Ohr. Und der Engel sprach zu ihnen: Keine große Bühne werdet ihr auslassen! Es wird Theaterpreise für euch regnen!

Jetzt springen sie auf die Bühne und packen mich.

Sie schlagen zu. Treten nach mir. Das Rauschen in meinen Ohren verwandelt sich in Applaus. In nicht enden wollenden, tosenden, frenetischen Applaus.

Kurzgeschichten-Sammlungen:

Kurz vor Schluss
ISBN 978-3-934638-99-0 · 9,50 €

Ein Viertelpfund Mord
ISBN 978-3-937001-38-8 · 9,95 €

Nacht zusammen
ISBN 978-3-937001-89-0 · 11,00 €

Voll ins Schwarze
ISBN 978-3-940077-95-0 · 12,00 €

Starker Abgang
ISBN 978-3-942446-59-4 · 12,00 €

Mord und Totlach
ISBN 978-3-95441-196-2 · 14,00 €

Schuss mit lustig
ISBN 978-3-95441-290-7 · 12,00 €

So tot wie nie
ISBN 978-3-95441-391-1 · 11,00 €

Kurz und kopflos
ISBN 978-3-95441-483-3 · 13,00 €

Tödlich währt am längsten
ISBN 978-3-95441-667-7 · 14,00 €

Drei Kopfschüsse für Aschenbrödel
ISBN 978-3-95441-742-1 · 13,00 €

Die Kurzkrimis um Lord Merridew:

Ihr Mord, Mylord
ISBN 978-3-95441-319-5 · 14,00 €

Noch ein Mord, Mylord
ISBN 978-3-95441-565-6 · 13,00 €

»Ich nahm mir Ralf Kramps schöne, hundsgemeine Kurzgeschichten vor, bei denen man immer zu lachen beginnt, um anschließend leicht panisch unters Bett zu gucken, ob da auch keiner lauert.«

(Jacques Berndorf, »Eifel-Liebe«)

Tief unterm Laub
Kriminalroman
ISBN 978-3-934638-11-2 · 9,50 €

Still und starr
Kriminalroman
ISBN 978-3-934638-51-8 · 8,90 €

Ein kaltes Haus
Kriminalroman
ISBN 978-3-937001-09-8 · 13,00 €

... denn sterben muss David
Historischer Kriminalroman
ISBN 978-3-934638-82-2 · 9,50 €

Eifelnacht
Phantastische Geschichten
ISBN 978-3-942446-35-8 · 9,20 €

Stimmen im Wald
Kriminalroman Reihe Jo Frings
ISBN 978-3-940077-43-1 · 10,95 €

Totholz
Kriminalroman Reihe Jo Frings
ISBN 978-3-942446-44-0 · 9,95 €

99 ½ Orte in der Eifel
Satirischer Reiseführer
ISBN 978-3-95441-633-2 · 19,50 €

Kinderkrimis:

Wenn Goldfinger rauskommt
ISBN 978-3-937001-30-2 · 6,50 €

Drei geheimnisvolle Schlüssel
ISBN 978-3-937001-48-7 · 6,50 €

Der doppelte Professor
ISBN 978-3-937001-09-7 · 6,50 €

Dem Vulkanmagier
auf der Spur
ISBN 978-3-937001-98-1 · 6,50 €

»Ralf Kramp ist einer der einfallsreichsten Eifel-Krimi-Autoren.«

(Lexikon der Kriminalliteratur)